KB211074

옛 전통의
새로운 움직임
_맹

옛 전통의 새로운 움직임-맹/
진천이 추천하는 진천 추천 연극 진천 사는 추천석

ⓒ 이철희, 2024

초판 1쇄 발행 2024년 10월 10일

지은이   이철희
펴낸이   이기봉
편집   좋은땅 편집팀
펴낸곳   도서출판 좋은땅
주소   서울특별시 마포구 양화로12길 26 지월드빌딩 (서교동 395-7)
전화   02)374-8616~7
팩스   02)374-8614
이메일   gworldbook@naver.com
홈페이지   www.g-world.co.kr

ISBN   979-11-388-3589-3 (03810)

이철희 희곡집 시리즈 3

옛 전통의
새로운 움직임
_맹

이철희 희곡집

"악착겉이 살으라고
니 똥꾸녁 간지르는 이
워디 있더냐.
읎다. 읎느니라."

좋은땅

원작자

오영진(1916-1974)

극작가, 시나리오 작가, 영화이론가. 한국인의 해학과 풍자를 잘 표현한 뛰어난 희극작가로 평가되며 전통 소재를 현대화하는 데 앞장섰다.

대표작

『맹진사댁 경사』(1943), 『향연』(1946), 『살아있는 이중생 각하』(1949), 『정직한 사기한』(1949), 『인생차압』(1956), 『아빠빠를 입었어요』(1970), 『허생전』(1970), 『동천홍(東天紅)』(1974)

옛 전통의 새로운 움직임

맹

원작 오영진의 『맹진사댁 경사』

재창작 이철희

작의(作者)

이철희

『맹진사댁 경사』는 극작가 오영진이 1943년 이조 말기를 배경으로 쓴 희곡으로 당시의 정치(세도가와의 야합), 계급(양반과 노비), 유교사상(3대의 가족 질서) 등을 현실감 있게 그려 낸다. 독특한 것은 이러한 사실주의적 풍경을 풀어내는 극작술이 직설을 비껴 희극적 풍자와 해학을 무기로 사용했다는 점인데, 이것은 희곡의 문학적 가치를 증명하는 매우 중요한 핀 포인트이다. 뿐만 아니라 하녀인 입분이가 맹진사의 딸 갑분이를 대신해 세도가로 시집을 간다는 설정은, 당시 사회로부터 오늘까지 이어진 사회제도의 부당함을 펜으로 전복시켜 버리고 마는, 민중을 위한 작가의 통쾌한 한 방인 것이다. 이렇듯 작가 오영진은 '민중을 위한 연극'을 위시함과 동시에 연극의 메커니즘을 문학에 적극 활용한 이 시대에 다시 한번 주목해 봐야 할 극작가이며, 젊은 극작가들이 빛바래 덮어 버린 책의 머리말인 것이다.

『맹진사댁 경사』를 원작으로 하는 희곡『옛 전통의 새로운 움직임-맹』은 동시대성이라는 구호 아래 잃어버린 한국의 예술적 미학을 다시 성취하기 위해서 과연 오늘의 한국 연극이 어떤 미래를 지향해야 하는지 그 해답을 옛 전통에서 찾아보고자 하는 작가의 유효한 질문이다.

등장인물

맹진사

한씨

갑분

입분

삼돌

참봉

맹노인

김명정

김미언

무대

배우라는 존재보다 더 미학적인 장(場)과, 정확한 면(面)을 구현해 낼 수 있는 무대 장치는 없다.

프롤로그 ≡≡≡≡≡≡≡≡≡≡≡

참봉   202○년 ○월 ○일. 달 뜬 밤. 어둑어둑 길 쫓아
        여 극장까지 귀한 발걸음 해 주신 손님덜 감사
        하옵니다. 자 시방부텀 막이 올라가니 핸드폰
        은 꺼 두시오. 아, 꺼 달라니까. 비상구는 들어
        오신 입구요. 아. 여기요. 여기. 자 그럼, 우덜
        들어갑니다.

맹노인   자, 쳐라!

일동   어어얼-쑤.

한바탕 길놀이가 벌어진다.

함께

어서 오오시오. 어서들 오오시오. (어서오시오)

그동안 코로나로 월매나 힘들었소.

자영업자덜 회사원덜 학생 선생 고생 고생.

오늘부텀 마스크는 벗어. 제껴. 박장대소 웃어 보세.

12 옛 전통의 새로운 움직임-맹

어서 오오시오. 어서들 오오시오. (어서오시오)
오늘의 이 얘기는 비극이 아니니.
혁대 풀고 박장대소 박수치며 웃어 보세.
참봉: 자 그럼 취임새 연습 좀 해 봅시다.

얼씨구 (관객)얼씨구/잘헌다 (관객)잘헌다/지화자 (관객)
지화자/좋다 (관객)좋다
얼씨구 (관객)얼씨구/잘헌다 (관객)잘헌다/지화자 (관객)
지화자/좋다 (관객)좋다

어서 오시오. 어서들 오시오. 덩덕 쿵덕쿵 덩덕 쿵덕쿵.
그동안 코로나로 월매나 힘들었소. 덩덕 쿵덕쿵 덩덕 쿵
덕쿵.
자영업자덜 회사원덜 학생 선생 고생 고생.
오늘부텀 마스크는 벗어. 제껴. 박장대소 웃어 보세.

덩덕 쿵덕쿵 덩덕 쿵덕쿵 덩덕 쿵덕쿵 덩덩덩덩.
곰 발바닥 나왔다. 개 발바닥 나와라. 덩덕 쿵덕쿵 덩덕
쿵덕쿵.
달아 달아 밝은 달아. 쟁반같이 둥근달아. 덩덕 쿵덕쿵 덩

덕 쿵덕쿵.

삼성 비스포크. 엘지 디오스. 덩덕 쿵덕쿵 덩덕 쿵덕쿵.

인천 앞바다에 사이다가 떴어도 고뿌 없으면 못 마십니다.

깨갱깨갱갱~ 삐리리~ 북 ~ 덩덕쿵~.

자. 지금부텀 '맹' 시작하네.

조오타!

징~~.

옛 전통의 새로운 움직임-맹

1막

1장

나귀를 탄 경쾌한 맹진사. 동네 어귀를 돌아 설렁설렁 등
장한다.

맹진사   천천히 좀 가자. 어허. 하하. 왜 이러능겨. 거
참. 조나단. 아빠 말 안 들어? 허허. 나 참. 다
왔다. 조나단. 고생했느니라. (대문 열고 들어온
다) 여봐라~ 아니 내 시방 워딜 댕겨왔는지 버
젓이 알면서 맞이허는 인간 하나가 없는 건 무
슨 까닭인고. (소리 높여) 여봐라.

삼돌   (도끼로 '꿍' 장작 패는 걸 보여 주고는) 아이구. 영
감마님 워느새 댕겨 오셨어유?

맹진사   뭘 놀래는 척이염마. 좀 전이 춤추고 노래허는
거 다 봤는디.

맹진사, 삼돌   하하하하 하하하하 하하하하.

삼돌	아니 오널은 리허설 때보담 등장 타이밍이 워째 쪼끔 빠른 거 같어유.
맹진사	우리 조나단이 쪼끔 달리대.
삼돌	영감마님이 달린 건 아니구유?
삼돌, 맹진사	하하하하 하하하하 하하하하.
맹진사	떽! 마님은 워디 가셨대니?
삼돌	영감마님 가신 일 워찌 되었나 여태 노심초사 허시다가 인자 눈 째끔 붙여 볼까 하여 좀 전이 들어가셨어유.
맹진사	아니 내 지금 워떤 결과를 들고 온 줄 알고 잠을 자. 깨워 얼른.
삼돌	예. 영감마님. (외쳐 아뢰며) 마님. 맹진사 어르신 귀가하셨어유.

한씨. 등장하여 꿈뻑 졸다.

한씨	아이고. 영감. 나으 남편 맹진사. 댕겨오셨시유? 시방 눈 비비고 보자 온대 어깨에 기백이 충만한 걸 보자오니 윗골 가셨던 일 형통허게 체결되었능가 봐유.

옛 전통의 새로운 움직임-맹

맹진사	한잠 푹 자고 나왔능가?
한씨	노심초사허느라 푹은 아니고 얕트게, 눈꺼풀 꿈뻑 붙였시유.
맹진사	엥이.
한씨	자, 얘기나 속히 들려주슈. 워쳐케 됐슈. 가셨던 일은?
맹진사	여러 번 떠들면 흥이 처음만 못 허니 나 식구덜 다 모였을 띠 한 번이 이야기할 터. 그러니 다덜 모여 봐.
모두	웅성웅성 웅성웅성.
맹진사	갑분이는?
삼돌	입분이 데리고 도라지 캐러 갔슈. 뒷산이.
맹진사	뭐? 도라지? 아니 그깠 도라지 몇 푼이나 헌다구. 사다 먹고 말지 뭐 허러 흙 묻혀 가매 거까정 가. 흙 때 끼면 워쩔라구? 손톱이.
한씨	뭘 그렇게 쏭을 내고 그류. 요샌 다 쭝국산이니께 그렇지.
맹진사	아이고 이 답답헌 양반아. 시방 충청도서 제일 지체 높은 김판서 댁 며누리가 되느냐 못 되느냐 허는 중차대헌 판국 인디 쭝국산이 뭔 상관

이여. 식당 짐(김)치 대부분 쫑국산인디.

한씨 아니 씨부랄. 김치를 워떻게 맨날 사 먹어. 시방 물가가 엘에이 보담 비싼디.

맹진사 그게 정말이야? (퇴장)

한씨 그람!

2장

뒷산.

갑분 디귿 오. 리을 아. 지읏 이. 도라지 디귿 어. 디귿 어. 기역. 더덕 마알고 도라지.

입분 디귿 오. 리을 아. 지읏 이. 도라지 치읏 이. 리을 기역 쌍비읍 우 리을 이. 칡뿌리 마알고 도라지.

갑분 입분이. 노래도 곧잘 허는 하나밖이 읎는 내 친구.

입분 시상에 친구라니. 결혼과 우정이라는 문제에 있어서 맹큼은 상당히 자유로운 나으 아씨. (발견하며) 헉. 이게 뭐랴. 여기유.

옛 전통의 새로운 움직임-맹

갑분   워디? (잎 보며) **하늘 솟은 긴 줄기. 까슬 까슬 까슬 잎.**

입분   **손톱에 잔뿌리 끊어질까 조심스레 따앙을 파네.**

갑분   시상에! 입분아. 여기 이 뇌두 좀 보거라. 족히 열댓 살은 된 거 같어!

갑분, 입분   심봤다!

함께   **도라지. 도라지. 삼보다 더 좋은 도라지 갱년 기 천식 정력 생리불순에 삼보다 더 좋은 산도 라지.**

멀리 삼돌.

삼돌   아씨. 갑분이 아씨.

입분   게 누구냐. 신령님 놀라면 워쩔라구 그리 소리 를 치느냐.

삼돌   삼돌이구먼유.

입분   목소리 낮춰, 임마.

삼돌   아씨. 워디 계세유? 나리마님 윗골이서 오셨 구먼유. 아씨 빨리 모셔오라고 성화를 내십니 다요.

입분	무슨 일로?
삼돌	뭐여. 입분이 너. 시방 네가 아가씨 숭내낸 거여?
입분	어.
삼돌	어? (볼에 입을 맞춘다) 사랑헌다, 입분아.
입분	이런 씨부랄놈이.

도라지에 절 중인 갑분.

갑분	삼돌이 왔능가?
삼돌	아씨. (도라지 보며) 아이구. 시상에. 귀허다. 귀해.
일동	하하하.
갑분	내 어젯밤 꾼 꿈이 암만 해두. 이런 대심을 보려 했나 보다.
입분	뭔 꿈인디요?
갑분	깐 도라지마냥 허연 옷을 입은 삼척 장신 신선한 분이 땅이서 솟아오르는디. 정돈된 긴 흰머리는 한 단 묶고, 하울렁 하울렁 긴 수염은 바람에 날리더라. 수염 길이 월매나 긴지 그 끝을 쫓고자 하여 신선 턱 잡고 수염 위에 버선발

로 올랐더니, 한 발 두 발 뗄 때마됨 장구 소리 '덩더더덕.' 내 등을 밀고 밀어 수염 위에 미끄러진다. 한바탕 놀며 수염 끝에 다다르니 장단은 멈추고 주인 없는 꽃신 한 짝 내 앞이 놓였는디, 하눌 겉은 하눌색에 앞코는 다홍색이라. 시상에 이런 신이 또 있을까. 주인 없는 신이라면 내가 한 번 신어 보자. 해서 내 신었는디.

입분, 삼돌 신었는디?

갑분 이쁘다. 이뻐. 이쁘다. 이뻐.

입분 아이고 시상에. 그 신이 이 도라지구먼유.

갑분 춤추다 신 한 짝 뱃겨져. 뱃겨진 신, 안 뱃겨진 신 가만히 대어 보니….

입분, 삼돌 대어 보니….

갑분 씨부랄 짝째기여.

3장

맹진사 뭐 줏어 먹을 게 있다고 산이를 가.

마당.

맹진사	(마이크를 들고) 아아. 쎄쎄. 락락. 모두덜 내 김 판서 댁에 다녀온 결과에 대하여 심히 궁금할 바. 모두 모인 이 자리서 딱 한 번 브리핑을 헐 것이니 잘 듣도록. 에헴. 윗골 사는 김판서에 대하여는 내 말 안 해도 이미 잘 알 터. 허나 나 역시 짐작만 했지 막상 방문하여 보니 내 요 똥 구녁모냥 주뎅이가 다물어지지 않더라.
일동	하하하하. 시상에. 시상에. 궁금허다.
맹진사	장단 줘 봐라. **돌담장은 높고 높아 하널 구름이 기와렸다. 대 문 찾아 돌담길을 걷고 걷고 걷다 보니.** 시상에 솟을대문 눈앞이 딱 버티고 서 있는디 극락문 이 이럴랑가. **사이즈가 청와대여.**
일동	시상에. 시상에. 시상에시상에시상에.
맹진사	노크를 한 후에 거북이 빗장 끼이-익 열리는디 직원덜이 일렬로 반기니 여기는 뭐 거의 하와 이여. 꽃목걸이 걸어 주고 웰컴 드링크 마신 후 에 집 구경을 시켜 주는구나. 야르! **정원은 만 평이요. 행랑방만 사십 칸. 곡간 수를 세어 보**

니 둘, 넷, 여섯, 여덟…. 이거는 뭐 여기 논산 사람덜 한 달 먹고 추가로 귀댁의 반려견들까정 대접해도 남아돌 곡식이오. 보자. **오곡백과, 어육진미….** **에?** 곡간 바닥이 무슨 문이 있네? 이게 뭐라고 써 있는 거여. **얼음 빙 사이 간.** 빙간? 여가 뭐 허는 곳이요?

참봉 냉장고, 냉장고.

일동 시상에. 시상에. 시상에시상에시상에.

맹진사 끼이-익. **얼음 꽉찬 빙간엔 서울 탁주, 제주 한라산, 서천 소곡주, 전라 보해** 전국 팔도의 유명한 술덜이 쫙 콜렉션 되어 있는디. 구경이 한창일 무렵 으스스 한기가 뒷골에 쫙 올라올 찰라, 논산 8경 옥녀봉 봉수대가 쫘악 펼쳐지는 39번 방에 나를 입장시킨다.

한씨 아이고 영감. 돈으로라도 진사 자리 사 놓기를 차암 잘했구료.

맹진사 돈으로 산 진사 자리?라니 엥이. 쉿.

갑분 아부지. 그래서 그래서 워쳐케 됐당가.

맹진사 석식이 차려지고 요새는 찾을래도 읍는 그 귀하디 귀헌, 그토록 구허기 심들다는….

삼돌	혹시?
맹진사	그렇다. 코리아 트레디셔널 그레이프 퍼먼티드 베버리지. 이름하여 **진로 와인!**
일동	시상에. 시상에. 시상에시상에시상에.
맹진사	크리스탈 와인잔에 한 잔씩 따른 후에 탱~ 잔 부딪혀 입술 적시고 음미헌다. 쩝쩝. "김판서 대감. 이거 바디감이 좋은디요~."
일동	시상에.
맹진사	한 잔 마신 후에 단도직입적으로 본론을 꺼낸다. "김판서 나으리. 자제분 '김미언' 군과 나의 앵 두 겉은 딸 '맹갑분'이의 혼례를 허락하여 주옵 소서."
한씨	그려서. 그려서 김판서 대감이 뭐라 답했슈?
맹진사	(뜸들이며) O.K!
일동	**오케이 오케이 예쓰 예쓰.** **갑분 아씨 시집가네.** **오케이 오케이 예쓰 예쓰.** **아랫골 맹진사 윗골 김판서와 사돈 맺네.** **오케이 예쓰 예쓰.**

대문이 열리고 온갖 납폐(패물) 들어온다.

참봉   와씨! 김판서 댁에서 보내온 패물이오.

일동   **금반지는 까르띠에, 핸드백은 샤넬이요**

          실크 비단 에르메스, 소고기는 마장동 동 동.

          오케이 오케이 예쓰 예쓰.

          아랫골 갑분이가 윗골네로 시집간다.

          오케이 예쓰 예쓰.

시끌벅적한 마당에.

참봉   쉬이이.

들어오는 맹노인. 방.

맹노인   (화를 내며) 이건 매혼이염마!

맹진사   아이고. 아버님. 아니 워찌 그런 극단적인 말씀

          을…. 매…매혼이라니유?

맹노인   그럼 이게 매혼이지 뭐염마. 이? 모든 거는 순

서가 있고 절차가 있는디. 둘이 먼저 만나고, 으른들헌티 소개허고, 날짜 잡고, 또 워쳐케 워쳐케 식을 진행허자 허는 절차부텀 밟은 후에 이? 저기가 들어오고 허는 거지. 워찌 그런 것이 싸-악 무시되구 패물부텀 들어오냔 말이여. 이게 뭔 뜻이여. 돈으로 갑분이를 사 간다는 거 아녀, 시방.

맹진사 그건 비약이유, 아버지. 진정허시고 좀 이성적으로 생각을….

맹노인 네가 감정적으로 처리헌 일을 왜 내가 이성적으로 생각을 햐.

맹진사 아니, 아버지 말씀처름 당사자들끼리 워찌워찌 잘 만나고 부모들과 상견례하고 날짜 잡고 허는 절차를 밟었다며는, 예. 아름답겠지유. 아름은 다운디유. 이거를 뒤집어서 생각을 해 볼 필요도 있시유.

맹노인 뒤집을 껀덕지가 뭐이가 있어. 이 새끼야. 관렌디.

추임새 그렇지.

맹진사 아니, 그러헌 관례가 역순으로 간다고 꼭 잘못

된 것만은 아니란 말씀이예유.

지 말은. 막말루 끝만 좋으믄 되는 거 아니유?

맹노인   뭔 끝?

맹진사   지들끼리 살기만 잘 살으며는 된 거 아니냐는
말씀입니다. 아니, 말이야 바른말이지. 요새는
지들끼리 10년 새기고 결혼해두 그 놈이 워떤
놈인지 가늠허기 심든 시상이유. 에? 뉴스 봐
유. 기함헐 일 투성이지. 가정 폭력에, 뭐 가스
로 라이팅을 허지를 않나. 뭐 내연남이랑 짜고
계곡을 가자고 가자고⋯. 낭떠러지에서 픽. 살
발햐. 몰라유. 요새는 악해져서.

추임새   그렇지.

맹진사   아버지. 그니께 그냥 쿨허게 혼례날 딱 만나서
서로 이렇게 보고. 뭐 마음에 안 드는 점이 있
어두 차차 서로 알어 가는 재미도 있는 거구.
행여 불편헌 게 있을 수 있다 짐작되는 부분
은 뭐 얼굴 그런 건디. 그거는 아버지가 저 보
담 매우 잘 아시겠지만은 그런 부분들이야 사
는 데 큰 저기는 아닌 거구. 또 다른 좋은 걸루
다가 메꿔지는 부분도 있을 수 있는 부분이구.

에? 서로 잘만 살면 되는 거니께.

맹노인   씨부랄 뭐라는 거여. 그니게 너는 시방 잘 살기
만 하면 뭐이가. 워쳐케 진행이 되던지 상관이
웂다. 그런 말 아녀.

맹진사   아이고. 아버지. 뭐가 워쳐게 되도 상관이 웂다
그런 것보담은, 단지 아버지께서 말씀허시는
그러헌 클래식헌 절차만이 꼭 정답은 아니다.
사회에 물의를 일으키지 않는 선에서 요런 루
트도 가능허다.

맹노인   후. 그럼 내 하나만 묻자.

맹진사   예예. 듣고 있어유.

맹노인   김판서도 같은 생각일 거 겉으니? 너의 이 주
장과?

맹진사   …뭐 이렇게 디테일허게 이야기를 나눈바는 웂
습니다만은 뭐 가뿐하게 오케이 헌 걸로 봐서
는 저와 같은 생각이지 않을까….

맹노인   생각이 같기는 이놈아. 김판서가 월매나 치레
를 중허게 여기는 사람인디!

맹진사   에이구 아버지. 지발 생각을 꽈서 허지 좀 말어
유. 양가 서로 오케이 했으면 그만 아뉴? 뭘 그

렇게 의심을….

맹노인 의심을 안 허게 생겼….

맹진사 아니, 툭 까놓구 말해서 우리 겉은 집안이 김판 서 대감 댁 겉은 가문과 사돈이 된다는 게 어디 찾기 쉬운 예에유? 에? 아버지. 상황을 정물적 으로 바라보세유. 있는 그대로. 시방 우리가 김 판서 댁과 사돈만 되면은 우리 집안두 판서 댁 과 같은 끕 되는 거유.

맹노인 끕? 끕? 너 이 새끼. 이제야 패를 까는구나. 뭐? 끝이 좋으면 다 좋아? 딸자식 인질 삼아 니 욕 심 채울라고 연극을 이렇게 끌고 가는 거 아녀, 이놈아.

맹진사 뭐, 겸사겸사지유.

맹노인 이 쌍놈의 새끼. 이래서 이 혼례가 매혼이라는 거 염마.

맹진사 아니, 말씀을 왜 자꾸 극단적으루 허세유. 내 보기에는 모두에게 이로운 일인걸.

맹노인 떨어진 솔방울은 물에 담궈서 가습기로나 쓰 지. 쓸모없는 놈. 순진허다. 너 차암 순진햐. 이 놈아 너야말루 뒤집어서 생각을 해 봐라. 잉?

시상 다 가진 김판서 대감이 너헌티 뭐 은어 먹

을 게 있다고 우리 가문이랑 사돈을 맺겄느냐?

끕도 안 맞는 너헌티 뭐 빨랐다고 이러겄느냔

말이여. 귀헌 아들내미를. 이? 평범헌 갑분이헌

티. 이? 누군지 보지도 않고 왜 혼례를 시키겄

느냐구.

맹진사   …….

맹노인   이 패물 다 물르고 원점에서 다시 시작햐. 쉽지

는 않겄지. 판 깨는 게. 허지마는 애덜이고 부

모고 인연이면은 다시 만나게 되어 있는 거여.

그러니께 마음 다시 고쳐먹고 절차 다시·찬찬

히 잘 밟어.

맹진사   그건 안 되유. 아버지. 혼사는 대산디. 시방 이

렇게까정 다 진행시켜 놓은 거 번복했다가는

김판서 대감 댁을 무시허는 거유. 그렇게 되믄

지 평판뿐 아니라 아버지두, 더 나아가서 신창

맹씨 전체를 욕 보이는 거유.

맹노인   아니, 이 씨부랄 놈아. 그렇다구 이렇게 수렁으

로 계속 들어가? 그 의심을 품고? 이 새끼 이거

허고 다니는 꼴이 참말로… 너 집안 아사리판

옛 전통의 새로운 움직임-맹

만들 꺼여?

맹진사 아버지. 일단 여까정은 GO헌 거니께 다음 수
순은 지금부텀 차차 지혜롭게 궁리를….

맹노인 이런 씨부랄. 말을 해 줘두 왜 들어 처먹지를
않는 거여….

맹진사 (기를 모아) 아버지가 나헌티 뭐 해 준 게 있다
고 감 놔라 배 놔라요. 대체가.

맹노인 이런 후랴덜 놈!

맹진사 나 혼자 자수성가해서 여태 여까정 왔슈. 개고
생 해 가매. 에? 아버지가 십 원 한 장 보태 줬
냐구유?

맹노인 (사이) 알었어. 맞어, 니 말이. 니 자식이니께 니
마음대로 햐. 대신 있잖여. 식날. 나는 안 와.

맹노인 퇴장.

맹진사 아니, 엥간 허시야지. 엥간 허시야지. 내 딸 앞
갈머리 어련히 내가 알어서 헐까 봐. 응원은 못
해 줄 망정…. 나 참.

한씨 듣기 싫어. 원제까정 징징징징 댈 거여. 애마냥.

맹진사   아니, 여보. 패물 이런 거 먼저 받은 게 그게 이
        렇게 부자지간이 이? 이럴 일이여? 의 상허믄서
        까정?

한씨   먼저 받을 수도 있고 낭중이 받을 수두 있는 거
        지. 안 될 게 뭐이가 있슈. 다 케바케지. 뭘 그
        렇게 신경 써. 노인네 쪼금 태클 건 거 가지구.
        승질 알면서. 참 나.

맹진사   아니, 저거 다 돌려보내라고 허니께 허는 말이
        지. 내가.

한씨   세대가 달러서 그려. 세대가. 옛날이야 뭐 체면
        절차 중허지만 워디 요새 그려? 내 중심으로 가
        는 거여. 내가 좋으면 옳은 거여. 복잡헐 거 없
        대니께. 뭘 눈치 보고 살어. 진취적인 사람이.
        꼰대여?

맹진사   이야. 아니 자네는 이 조선 시대에 워디서 그런
        진보성을 익혔는가?

한씨   시대를 넘보다 빨리 읽을 줄 아는 지름길은 경
        험이여. 입분이가 뭐라구 허는지 알어? 더 이상
        미래가 중헌 게 아니라 시방 이 순간이 중허다
        네. 이렇게 마님 댁에서 을의 입장으로 사는디

옛 전통의 새로운 움직임-맹

워찌 미래가 있겄냐는 거여. 그리고 한 술 더 떠서 호칭도 바꾸쟈. 나보고 마님이 아니라 '한 실비아님'이라고 부르면 워떻겠냐구.

아니면 닉네임으로 부르든지.

맹진사 뭐? 아니 시방 시상이 꺼꾸로 돌아가네. 일헐 띠 힘드니 휴게 시간을 좀 저기 허자 이런 정도 면 타당허나. 뭐? 한실비아님? 아니 그리고 그 거를 당신헌티 다이렉트로 말햐? 유모나 참봉 안 거치구?

한씨 원제부텀 애덜이 그런 절차를 신경 썼어. 요새 는 다이렉트여. 공론화 안 허는 것만 해두 감사 해야지.

맹진사 아녀. 이 씨부랄. 이걸 콱 그냥!

한씨 아 내비뒤. 내비뒤. 입분이 읎으면 집안 안 돌 아가.

맹진사 에잇. 아니 인자 커튼콜도 나처룸 단독으로 하 겄다구 헐 거여. 씨부랄. 에효. 참 주관적인 시 대여. 남자가 주인공인 것도 싫을 거여.

한씨 그만 좀 해싸. 함께 발맞추어 가야지. 인자는 그들의 시댄디.

맹진사   에이 씨부랄. 이토록 신속히 변허는 시상이 아
         버지는 뭔 절차 타령이여.

갑분 등장.

갑분   쌀…불… 불…쌀….
맹진사   너 왜 부엌이서 나와. 얼굴이 껌정은 뭐여, 대체.
갑분   입분이헌티 불 지피는 거 배고 있었슈. 가서 밥
         뭇 헌다는 소리 들을깨비.
맹진사 야. 거기 일허는 사람이 몇인디 밥을…. 니가 직접
         헐 일 읎어. 얼굴이나 좀….
         아이구 나 참.
한씨   엥간히 해라, 갑분아.
갑분   그래두 움직이는 게 갱년기에 좋으니께.
맹진사   뭐? 몇 살 먹지두 않었는디 무슨 갱년기 타령
         이여?
한씨   아휴. 그냥 둬유. 쟤 전이 그 같이 살던 Ex가 쟤
         갱년기 왔냐구 타박질을 그렇게 해서 트라우마
         된 거 아뉴. 개쌍놈오 새끼.
갑분   엄니. 지나간 얘기는 뭐러 자꾸….

옛 전통의 새로운 움직임-맹

한씨 아휴, 열불 나.

맹진사 다 당신 땜이 그려.

한씨 뭘 나땜이 그려. 나땜이 그렇기는. 애 열 많아 서 갱년기 소리 듣는 게 워떻게 내 탓이여.

맹진사 이런 씨바. 너는 원제까지 그럴 거여. 원제까 지. 잉? 한 번 갔다 온 거 흉 아니끼 그만 잊 어. 쫌. 그 후진 놈이 했던 말들을 뭐 허러 지금 까정 가슴이 백여 놓고 살어. 대체가. 도라지 끊어, 인자.

우는 갑분.

맹진사 (달래 주며) 인자는 너 김판서 댁 며느님이여. 새 출발허는 거니께 몸 간수 조심스레 잘해야 허는 거여. 잉? 입분이랑 엥간히 돌아다니구, 쫌. 사상 물들어.

한씨 입분이는 갑분이 시집갈 때 따라간다고 야단 이유.

맹진사 왜 그러는 거여. 대체 걔는. 니덜 내가 생각하 는 그런 관계는 아니지? 둘이.

여물통 들고 마당을 가로지르는 입분.

입분　　아가씨. 왜 안 들어와유. 군불 끄는 것도 배야지.

맹진사　나두 닉네임 하나 지어 줄려?

입분　　한실비아님처럼유?

한씨　　뭐라고, 이년아?

입분　　아이고. 아니예유. 지가 그만 실례를. 아직 동
　　　　　 의두 안 허셨는디.

맹진사　너 저기 갑분이 따라간다 워쩐다 헛말 말어.

입분　　(갑분에게) 아씨가 마님헌티 컴플레인했슈? 나
　　　　　 뭇 따라가게 조치 취해 달라구? 네. 그만둬유.
　　　　　 아씨 시집가는 날 나 겉은 거 바로 잊어버릴 건
　　　　　 디, 괜히 나 혼자만 끌탕헸네.

맹진사　시끄러! 좋은 날 재수 없게 질질 짜싸고 그려.

갑분　　쌀을 올리고 불을 때라고 했니? 아니면 불을 때
　　　　　 고 나서 쌀을 올리는 거니?

소　　　음매~.

맹진사　술상이나 봐 와. 대청마루로. (퇴장)

한씨　　갑분아. 아부지헌티 가 보거라. 너 시집간다고
　　　　　 서운해서 저러는 거여. 저 지는 노을 보매 아부

옛 전통의 새로운 움직임-맹

지 잔 비지 않게 채워 드리구. 인자 같이 있을
시간도 월매 안 남었어.

고개 끄덕이고 갑분 퇴장.

입분   마님. 저 아가씨 뫼시고 가서 같이 살게 해 주
        세유. 그 집이서 욕 안 보이게 뭐든지 잘헐 테
        니께.

한씨   이런 주책읎이. 영감마님 헌티 사단 날 소리 허
        지 말어.

입분   나 혼자 아가씨 읎이 워쳐케 살라구유.

한씨   유모 밑이서 한 젖 먹고 컸으니 정든 것 모르는
        바 아니나 아가씨는 상전이고 너는 종이니라.
        가는 길이 원래부텀 달른다…. 가만 보믄 너는
        왜 자꾸 상식을 파괴하려 드는 거여. 대체가.

입분   상식이유? 그 상식 지금이나 그렇지 훗날 시상
        은 양반과 종의 경계가 사라지고 서로 존중허
        고 친구가 될 수 있는 시상. 그런 시상으로 변
        헐 거예유.

한씨   그려. 그렇게 꿈꿔. 그래야 오늘을 살지. 근디

니가 꿈꾸는 그런 유토피아는 2024년 정도나 되야 이루어질 겨. (가려다 돌아서서) 입분아, 아가씨 가면 너 혼자 외로울까 그러나 본디 아가씨 대신 삼돌이가 있잖야.

한씨 퇴장.

입분 아니, 왜 나랑 삼돌이를 엮어. 자꾸. 돌겠네.

삼돌 등장.

삼돌 입분아 너 왜 머리가 '파'가 됐어?
입분 (삼돌이를 바라본다) 가. 뵈기 싫어.
삼돌 입분아. 내가 뵈기 싫어도 워쩌겄어. 마님은 이미 우리 둘을….

입분 **듣기 싫어. 뵈기 싫어. 내 인생 왜 마님 좌지우지.**
삼돌 **아가씨는 윗골로. 너는 나에게로, 아하 이히.**
한씨 **큰일 앞둔 우리 집안. 뭔 일 날까 나 불안해.**
삼돌 **아가씨는 윗골로. 너는 나에게로, 아하 이히.**

입분	한 번 사는 인생. 지금 선택 영원한데.
	내가 갈길 윗 골이니. 아가씨 곁 있게 해 주오.
삼돌	아가씨는 윗골로. 너는 나에게로, 아하 이히.
맹진사	간다 간다 올라간다. 진사 넘어 판서 간다, 아 하 이히.
입분	함께 가자 갑분 아씨. 나 혼자는 못 있겠소. (운다)
갑분	저놈과도 살어 보고 다시 홀로 남겨지니 이놈 이면 어떠하리 저놈이면 어떠하리, 아하 이히. 간다 간다 나는 간다. 새 님 따라 나는 간다. 이히.
모두	아하 이히 아하 이히 아하 이히 아하 이히.

4장

참봉	소문났네 소문났어 윗골 신랑 소문났네.
	풍채는 이순신. 지성은 제갈량. 피부는 도자기라.
	가야금에 향피리에 금난세도 울고가니
	가라가라 저리가라 남성덜은 비켰거라.
	천하제일 잘난 남자. 김판서 댁 아들 온다.
	천하제일 잘난 남자. 그 이름은 김미언. 깨갱

깽깨 개갱!

맹진사 등장.

맹진사   야, 시끄러. 허구헌 날 깨갱깽깽. 개새끼 될껴?
먹이랑 종이 좀 가져와서 내 부르는 것 좀 받아
적게.

참봉   예예.

맹진사   10월 열흘 12시. 빨간 단풍 위에 해 솟을 때. 맹
태량의 장녀 맹갑분은 윗골 판서 김치정의 장
남 김미언과 혼인…. 아니다. 주체를 나로 허
자. 맹진사의 사위를 김판서 댁 장남 김미언으
로 정함. 에헴.

참봉   예. 대감마님 동네방네 방을 부쳐 기쁜 소식 알
립지요. **10월 열흘 12시…**.

맹진사   참 잘헌다. 참봉 방을 더 멀리 붙이게.

참봉   (더 멀리 노래) **10월 열흘 12시 윗골 판서…**.

함께   **소문 났네 소문 났어 윗골 아랫골에 소문났네.
김판서 댁 김미언과 맹진사 댁 갑분이가**

10월 열흘 12시에 빨간 단풍 위에 해 솟을 때.
혼례를 올리오니 많이들 참석하여
잔치국수 홍어무침 육전에다 모듬찰떡.
막걸리도 쭈우--욱 혼술하심 서운하니
어서 오시오. 어서들 오오시오.
부디 많이 오오시어 밤새 놀다 놀다 가슈~!

달 아래 손 모아 비는 입분.

입분   신령님. 이러는 거 아니오. 갑분 아씨 건에 대
　　　　해서, 나 상당히 섭섭하다 이 말이오. 아가씨와
　　　　나는 피붙이와 진배없는 사이인디, 워찌 한 남
　　　　성을 등장시켜 동맥 경화를 일으킨단 말이오.
　　　　침묵 말고 대답을… 흑흑흑. 허나. 만남도 이별
　　　　도 다 신령님 뜻. 그래유. 아가씨는 아가씨의
　　　　인생을 멋지게, 저는 저의 인생을 담대하게 살
　　　　게 하여 주시옵소서.

함께   **부디 많이 오오시어 밤새 놀다 놀다 가슈~!**

암전.

5장

'우우' 부엉이가 우는 밤. 같은 날.

삼돌   영감마님, 영감마님.

맹진사   왜.

삼돌   밖이 유생 하나가 한 이틀만 묵어 갈 수 없냐고
       물어보는디유?

맹진사   말 겉은 얘기를 해야지. 여가 뭐 에어비앤비여?
       풀부킹이라고 전햐.

삼돌   예. (퇴장)

맹진사   아무리 작품 배경이 이조 말기라구 해두 시상
       은 여전히 살벌헌디 워쳐케 객을 들여. 식구덜
       자고 간다구 해도 부담인디. 아놔 돌겄네. 식
       날, 아버지 진짜 안 오시믄 모냥새 빠지는디.

삼돌   영감마님, 영감마님.

맹진사   왜!

삼돌   쫓았습니다.

맹진사   아니, 그럼 됐지. 뭘 보고를…. 잘했어. 가서 자
       빠져 자, 얼른. 아. 입분이헌티 간단허게 술상

좀 봐 오라구 전햐.

삼돌   그건 안 돼유.

맹진사   (웃음) 시방 그 말 나헌티 던진 거여?

삼돌   입분이 피곤헌가 입술 다 터지구. 쉬어야 될 것
같은디… 지가 올리면 안 될까유?

맹진사   시금치 간도 못 맞추는 니가 허긴 뭘햐. 야, 놔
둬. 안 먹어.

삼돌   그럼 그래도 될까유?

맹진사   내 술보담 니덜 쉴 권리가 더 중허니께. 보장해
줘야지. (혼잣말) 보자. 누가 더 손핸가.

삼돌   감사헙니다. 마님. 그 양반 이 밤이 윗골 까정
갈려면는 대간허겄다, 진짜.

맹진사   야. 야. 스돕. 저기 잠깐만. 너 시방 뭐라고 혔
어?

삼돌   예?

맹진사   좀 전이 윗골 뭐라고 헌거. 그거 뭔 말이여? 뒤
돌면서 뭐라 했잖엄마.

삼돌   대간허겄다구유. 아까 그 냥반. 윗골까정 갈라
며는.

맹진사   윗골 산댜?

삼돌	윗골 사는 유생이라니께. 윗골을 산.다는 얘기 가 아닌 이상 맞겠지유.
맹진사	얌마! 너 그 얘기를 왜 인자 햐. 이런 개이씨.
삼돌	아니, 왜 그래유.
맹진사	왜 그런 게 아니람마 애초에 얘기를 했으야지. 윗골이면 마. 김판서 댁 동네 아념 마!
삼돌	근디유.
맹진사	연상이 안 되니, 너는? 가서 다시 모시고 와. 빨리!
삼돌	…예.

삼돌. 의아해하며 나가는데.

맹진사	뛰엄마. 참봉, 참봉.
참봉	(흠뻑 젖어) 헉헉. 예.
맹진사	너 이씨. 또 운동허고 왔어?
참봉	뭐 가볍게….
맹진사	근육을 월매나 더 만들라고…. 증말. 빨리 갖 고 와.
참봉	뭐이를유?

옛 전통의 새로운 움·직임-맹

맹진사   저기, 내 관하구 도포.

참봉   옆이 있잖어유.

맹진사   입혀.

참봉   이 정도는 혼자….

김명정 등장.

삼돌   영감마님, 영감마님. 오셨….

맹진사   (조급히 맞이하며) 이거 좀 전이는 너무나 실례가 컸소이다. 듣자 오니 윗골까정 밤새 걸어 가셔야 헌다는디 것도 모르고 이 녀석이 나와는 절대 상반된 의견으로 매정허게 참…. 이에 관하여 심심헌 유감을 표허는 바입니다.

김명정   …뉘 시온지.

맹진사   예. 바로 지가 이 집 주인 진사 맹태랑이올시다.

김명정   아, 그렇습니까. 이거 되레 송구스럽습니다. 소생은 윗골 사는 김명정이란 유생인데, 실상인즉, 맹진사 댁이 워낙 덕이 많다는 평판이 자자한지라 심히 당돌한 청이오나 집으로 가는 길에 한 이틀 폐를 끼칠까 와서.

맹진사 아. 그것 뭐 어려울 것 뭐 있습니까? 꼭 평판을
떠나 저희 집은 누구든지 쉬어 갈 수 있게 개방
되어 있답니다. 노블리지 오블리지야말로 진사
된 제가 이 사회의 구성원으로서 마땅히 실천
해야 할 덕목이지요. 집이 다소 좀 구중중헐지
모르오되 조금도 어려워 마시고 한 달이구 두
달이구….

김명정 아이구….

맹진사 이런. 피로 허실텐디 제가 저의 철학을 너무 많
이 늘어놓습니다. 자, 우선 이리로 올라오시지
요. 삼돌아 따뜻한 족수 좀 준비하거라.

삼돌 예.

맹진사 참봉. 사랑방을 깨끗이. 뜨끈뜨끈하게.

참봉 예.

대좌하는 두 사람. 찻상 들고 입분 등장.

맹진사 (손님을 의식하며) 아니, 오늘 많이 곤 헐텐디 왜
이런 거를 직접 준비하였느냐? 차 정도야 내가

직접 준비해도 될 것을.

입분   멕이는 거예유, 시방?

맹진사 뭘 멕인단 말이니? 그런 상징적인 표현은 내가
           준 시조집에서 배웠니?

입분   이거 다 야근 수당으로 인정해 주시구유. 앞으
           로는 가급적 퇴근 이후 개인적으로 부르신다거
           나 삼돌이를 통한 연락은 자제해 주셨으면 좋
           겠어유.

맹진사 의견 수렴하마.

입분   (김명정에게 악수를 청하며) 반갑고 환영해유.
           저는 이 댁에서 근무허는 입분이라고 합니다.

김명정 (당황하여) 저…저는… 윗…골 사는… 김…
           김…, 내 이름이 뭐였더라?

김명정의 손을 덥썩 잡는 입분.

김명정 악수?! (시 낭독한다)
           제목. 악수.
           눈을 맞춘 채
           수직일 땐 할 수 없는

수평일 때 할 수 있는
양반과 쌍놈의 듣도 보도 못했던
이런 낯선 악수

황급히 떼어 놓는 맹진사.

맹진사   (입분에게) 오늘은 이만 퇴근허세유. 푹 쉬고 내일 또 건강헌 모습으로 다시 만납시다.

입분 퇴장.

맹진사   이런. 이 무례에 대하여 제가 대신하여 사과드립니다.

김명정   아닙니다. 이건 무례라기보다는…. 뭐랄까. 옛 전통에 반한 새로운 움직임으로 느껴집니다. 어찌 양반에게 먼저 악수를….

맹진사   자칫 '도전'으로 보일 수 있는 것을 '움직임'이라고 표현해 주시다니요.

김명정   대감께서야 말로 하인들에게 혼을 내는 것이 아니라 오히려 경청해 주시고 이리 관대하시다니. 제가 오늘 많이 배웁니다.

맹진사　부끄럽습니다. 전통적 스탠스를 취하는 것도 중 허지만 바뀔 시대를 미리 캐치하여 예행해 보는 것이야말로 시대가 급변하더라도 당황하거나 뒤처지지 않을 대비책이 안 되겠습니까?

김명정　아니, 혜안까지…. 명성대로십니다.

맹진사　아닙니다. 제 급격한 앞서감에 행여 오해나 허지 않으실까 심히 우려됩니다.

김명정　오해는 무슨요. 참으로 힙하십니다.

함께　아이고. 하하하.

맹진사　자. 드시지요.

맹진사. 김명정에게 차 따른다.

김명정　향이 아주 좋습니다.

맹진사　저희 집은 그해 첫 딸기로 청을 만들어 이렇게 귀한 손님이 오실 때 차로 대접해 드리는 것이 가풍입니다. 자. 들어 보시지요.

김명정　(한 모금 마시고는) 음… 역시 논산 딸깁니다.

개가 짖는다.

맹진사   윗골에 사신다면… 혹 김치정 대감을 아실런지
                요?

김명정   아, 대감 김판서 말씀입니까?

맹진사   네네. 김판서 대감 맞었습니다.

김명정   나는 새도 떨어뜨린다는 명문대가 김판서 댁을
                모르는 사람이 어디 있겠습니까? 알다마다요.

맹진사   허허허. 그 댁이 나허구 사둔을 맺게 되시유.
                에헴.

김명정   아. 그러십니까. 거참 경사스러운 일입니다. 축
                하드립니다.

맹진사   예예. 하늘이 내려 주신 연분인가 봅니다. 히
                히히.

사이.

맹진사   아이고, 이런. 반가운 손님인지라 제가 그만 허
                지 않아도 될 말을 길게 늘어 놓았습니다. 그럼
                누추한 대로 편히 쉬시지요.

김명정   아. 네. 감사합니다.

맹진사   삼돌아. 안에 들어가 분부해라. 윗골 사둔 댁 고장에서 귀빈이 오셨으니 주안상 으젓하게 차려 내오도록 해라. 아. 아니다. 넌 발 씻을 따뜻한 족수나 얼른 떠 드려라. 주안상일랑 내가 직접 챙견할 테니.

김명정   아닙니다. 찬밥이나 있으면 족합니다.

맹진사   에헤. 찬밥이라니! (소반 챙겨 퇴장)

온수 담긴 대야를 들고 등장하는 삼돌.

삼돌   (발 씻어 주며) 하마트면 낭패 볼 뻔하셨슈. 이 밤이 윗골까정 가셨다믄. 산짐승덜 험한디.

김명정   고맙네.

삼돌   즈이 집도 아닌디요, 뭐.

김명정   흠흠. 그런데 이 댁에서는 왜 하필 김판서 댁과 사돈을 맺었나?

삼돌   해필이라닙쇼? 지체 높은 판서 대감 자젠디 그이가 뭐이가 부족해서 해필이랍니까?

김명정   …뭐 근사하긴 허나…. 아휴. 아니다.

삼돌   뭐가 아니예유. 왜 말씀을 허다 말어유.

김명정   아니다. 내가 괜히….

삼돌   아니, 뭐가 아닌디요? 신랑을 알어유? 잘?

김명정   알다 뿐인가. 나하군 죽마지우로 아주 막역한 사인데…. 인생의 재미도 모르고 한평생을 쓸쓸히 지낼 줄 알았더니 그래두 인복이 좋아 이 댁 아가씨 같은 분을 만났으니 다행이지.

삼돌   아니, 그게 뭔 말이예유. 대체.

김명정   그 친구가 사십 넘도록 혼자 사는 것두 그 탓이었지. 참. 죽은 나무에 꽃이 피었네그려.

삼돌   죽은 나무에 꽃이 피었다니유? 뭐 하자 있슈?

김명정   아니. 아니. 아니야. 내가 괜히 친구 욕보이네 그려.

삼돌   아니 시작을 말으야지. 왜 사람 궁금증 나게 만들어유.

김명정   아무헌테도 말하지 말게.

삼돌   나는 늘 혼자유.

김명정   이거. 이거. 아휴…. 지켜야 된다. 비밀. 여기서 듣고 잊어버려.

삼돌   이. 발 닦은 물이라도 마셔야 내 충정을 믿겠슈?

김명정   아이고. 그러지 말게. 내 자네 믿지. 믿지. 저…
         발 사이즈가 다르네.

삼돌   뭐라고? 아. 죄송해유. 지도 모르게 반말을….
         아니, 발 사이즈가 다르다는 게 뭔 말이유?

김명정   말 그대로 짝짝이야.

삼돌   예? 아니 대체 사이즈가 월매나 짝짝이길래….
         죽은 나무에 꽃이 핀다고 까정 말을?

김명정   진정 아무도 몰랐어?

삼돌   몰르쥬. 알면 글쎄 집안 분위기가 과연 이럴
         까유?

김명정   아무두?

삼돌   아무두.

김명정   한쪽은 410. 한쪽은 210.

사이.

삼돌   그러니께 한쪽은 이마-안허고, 한쪽은 요만하고?

김명정   (끄덕인다)

삼돌   헉.

410mm 줄자와 210mm 줄자가 삼돌 주변을 맴돈다.

삼돌	**문제로다 문제로다. 발발발이 문제로다.**
	한쪽 발은 큰 발이요. 한쪽 발은 작은 발.
	큰 신발로 가려질까. 작은 신발 신겨지나.
	다 된 밥에 웬일이냐. 허둥지둥 지끈지끈.
	으아 으아 으아 으아 으아 으아 으아 으아.

김명정. 떠날 채비를 한다.

맹진사	어디를 행차허시려구 이렇게 의관을 갖추고 나오십니까?
김명정	이제 이만 길을 나서야지요. 오랜 시간 폐를 끼쳤습니다. 융숭한 대접 참으로 감사했습니다.
맹진사	저도 며칠 모실 수 있어 참 행복하였습니다. 저… 이보시오. 부탁드릴게 있는디 말이오. (돈 쥐어 주며) 얼마 안 되지만… 혹시 윗골에 가시거든 저와 저희 집안에 대해서 좋게….

떠나는 김명정. 맹진사에게 귓속말하는 삼돌.

맹진사   (놀라) 뭐?

**함께   소문났네. 소문났어. 욕심냈다. 자업자득.
소문났네. 소문났어. 새신랑이 쩔뚝대네. 뒤뚱
뒤뚱 짝째기라.**

맹노인   (분개하여) 김판서는 그 짝째기 아덜을 우리 가
문에 버린 거여. 이눔아. 애초에 내 뭐라고 허
든? 김판서가 이토록 급허게 움직인다는 것은
필시 뭔 연유가 있을 거라고 했느냐 안 했느냐.
워찌 이리 일을 크게 만들어 임마! 뭐? 김판서
댁과 사돈만 되면은 우리도 김판서 댁과 같은
끕? 욕심에 눈멀어 지 내키는 대로 일 저지르더
니만 이게 뭔 꼴이여. 신창 맹씨 가문을 왜 이
렇게 추락을 시켜. 이 후랴덜놈아.

맹진사   허이구.

암전.

6장

밤. 저수지. 홀로 술 마시고 있는 갑분.

갑분2　엥간히 마셔싸. 술.

갑분　좋은 사람 만나서 순탄허게 사는 사람덜도 많은디. 나는 왜 연속적으로 이럴까?

갑분2　사는 거? 다 도전개쩐이여. 딴 사람덜 말을 안 해 그렇지 들여다보믄 별의별 일 다 있어. 시방 복잡헌 심정, 원망 꺼리 필요해서 그런거니께 생각 자꾸 안 좋은 쪽으로 치우치지 말어. 몸 상혀. 구덩이여 비관은.

갑분1　한 쪽 발이 크댜. 한쪽 발은 작구.

갑분2　워느 쪽 발이 큰디? 걷는 게 부자연스럽겄지?

갑분1　땅에 딛는 발의 면적이 다를 테니께.

갑분2　작은 발이다가 뭘 넣어서 큰 발처름 보이게 하믄 워떨라나?

갑분1　신발 벗으믄 다시 작은 발인디 잠깐 눈 속여 뭐 허게.

갑분2　잠깐 내 눈이라도 속이게. 그때만이라도 안 보이니께.

갑분1　꿈 꿨었잖여. 도라지 캘 때. 신발 꿈.

갑분2　예지몽이었네벼. 흉몽.

갑분　**첫 번째 결혼 흉몽. 두 번째 결혼 흉몽.**

겪을 만큼 겪고 겪어 깨달았다 생각했네. 아차 차차 차.

돈과 가문. 금방 타는 초와 같다.

그저 사랑만 있다면 나머지는 부속이라. 아차 차차 차.

새 시작을 하려 보니 짝짝이가 걸리노니.

새 님 맞을 무렵 다시 깨달았네.

사랑보다 중 헌 것은 돈과 가문 그리고 발 사이즈.

아. 내 추악헌 이중 얼굴. 술잔 속에 담겼으니 얼레리 꼴레리.

마시자. 나를 마셔 버리자.

입분 등장.

입분   아가씨. 밤낮으루 대체 왜 이러는 거예유. 말른 꽂감마냥.

갑분   계절 때문이여. 단풍이 제법 빨갛게 물들어 가니께.

입분   그만 좀 마셔유. (술병 던진다)

갑분   후훗…. 그까짓 시집 안 가믄 그만.

입분   씨잘떼기 읎는 말.

갑분   입분아. 진정 나 따라갈 거여? 너라도 있으믄
          나 들 힘들 거 겉은디.

입분   그건 시쳇말. 지난번이 그리 따라간다고 애원
          해두 들은 체도 안 허더니만.

갑분   ⋯그랬지.

입분   안 가유. 그 집이서 아가씨 잘 사는 모습 보믄
          나 배 아플 거 같어유.

갑분   시쳇말.

입분   상관읎구유. 시집 안 가믄 그만이라는 그런 말.
          허지 말어유.

갑분   ⋯후훗.

입분   발 그거 약간 언발런스헌 게 뭐가 그리 대순디
          유? 아가씨 겪을 만큼 겪어서 사람 속성 이미
          다 알잖어유. 돈 많구 잘생긴 거, 직업, 그런 거
          가 물론 중요는 허겠지만 사람 만나는 디 있어
          서 그게 제일 중 헌 거는 아니라는 걸유.

갑분   그치. 근디 발 사이즈가 다를 거라는 건 한 번
          도 예상해 보지 못했네.

입분   아가씨 눈이 백혀 있는 그 선입견을 빼유. 사람

진심만 볼라구 해 봐유. 온전히 그 진심만.

갑분 순수허다. 입분이 이쁘다. Ex 그 새끼가 결혼 초창기 때는 이쁘구 낭만적인 말 덜을 나헌티 존나 많이 했어. 좋았어, 나. '안정감'을 느꼈지. 왜? 걔는 진심이였으니께. 근디 지나가드라고. 지나갈 수밖이 읎는 거드라고. (동산 위에 올라 소리친다) 사는 게 빠듯해지잖야? 그러며는 안정은 불안정으로 바뀌어. 왜? 살기 대간헌디 씨부랄 낭만이 워딨겠어. 진심? 그거는 현실 앞에 비눗방울이여. 잠시 오색으로 빤짝거리다 금세 툭 하고 터져 버리는.

입분 (맞은편 동산에 올라 외친다) 아가씨 참 쓸쓸허다.

갑분 과연 한 쪽을 늘리거나 한 쪽을 줄일 수는 읎는 건가?

입분 부럽다. 부럽다, 아가씨. 떠나고 싶다. 나두 여기서 나가고 싶다.

짧은 사이.

갑분 그럼 니가 가려무나. 그 짝짝이가 좋거든.

7장

한씨, 맹진사, 참봉.

한씨   알었지. 시방 내가 이야기헌 대로만 진행하믄
         이번 문제는 아무 탈 읎이 매조지될 것이고 우
         리 집안도 아사리판 되는 일은 읎을 것이여. 정
         신 바짝들 차리랑께!

한씨, 맹진사. 참봉 손을 모아.

한씨   하나. 둘. 셋.
한씨, 맹진사, 참봉   하.

암전.

8장

맹진사 등장.

옛 전통의 새로운 움직임-맹

맹진사 삼돌아. 네가 고생이 많다. 너 요새 며칠 수고 많았으니 오늘 하루 나가서 마음껏 마시구 놀거라. 내 어서 이 녀석 장개를 보내 주어야 헐텐디. 삼돌아 걱정 말거라 잉? 참헌 색시 하나 내 꼭 맺어 주마.

삼돌 영감마님, 영감마님. 저는 뭐 오직 입분이유. 입분이 허고 맺어만 주신다믄….

맹진사 야. 너 젊은디 그렇게 시야가 좁아서 워쳐케 허냐. 잉? 일단 결정을 내리며는 빠꾸가 안 되는 거여. 낭중이 후회해도 별 수 읎어. 아니 금단이나 탄실이나 걔들도 상당히 괜찮은 애덜인디 왜케 입분이 헌티만 집착을 햐. 걔는 싫다는디. 대체 이유가 뭐여.

삼돌 이유는 읎슈. 단지 내가 입분이에게 느끼고 있는 이 감정에 지는 충실허는 것뿐이예유. 이게 사랑일까?

맹진사 나가.

삼돌 월루유?

맹진사 니 갈 길까지 내가 일일이 정해 줘? 저 개집이루 들어가서 개소리나 내던감마.

한씨	에헤!
맹진사	아니. 아니. 삼돌아. 저기 있잖여. 오늘 특별히 제공허는 휴일이니께 스트레스도 풀고 가서 놀아. 놀아, 잉? 자. 이거 받어.
삼돌	…예. (큰돈 받으며) 뭔 조화여, 이게?

삼돌 퇴장.

맹진사	후… 역시 세상만사가 다 수완이여. 궁허믄 다 통헌다니께.
한씨	내가 무남독녀 외동딸을 그런 짝쩍이 하자헌티 보낼 줄 알었슈?
맹진사	역시 남성은 여성을 잘 만나는 것이 천복이여, 천복. 당신 덕에 모든 게 순조롭게 되었소. 히히히.
한씨	인자 시작이여. 다음 장면도 긴장 타시라니께.

참봉 등장.

참봉	마님 다녀왔습니다. 여기 기차표.

한씨	고생혔네.
맹진사	욕 봤네. 욕 봤어. 자, 인자 준비 다 되었거든 나 오라고 하거라.
참봉	예. 마님. 아가씨. 갑분이 아가씨.

갑분 등장.

갑분	별안간 워디를 가라고. 짐까정 싸서 대체.
맹진사	부산 당숙네 좀 며칠 다녀오너라. 내가 가야 마땅허나 니 혼례 문제로 처리해야 헐게 많어.
갑분	당숙네는 왜유?
맹진사	당숙 으르신이 좀 편찮으시댜. 흑흑. 식 때 못 올라 오신대니께 니가 가서 인사 좀 드리고 와. 너 김판서 댁 들어가 살며는 앞으로 원제 뵐지 몰르니께. 우덜 심들게 살 적이 당숙 덕을 월매나 보았느냐. 너도 그 집이서 크다시피 혔구. 그니께 좋은 일 있기 전에 뵙고 인사드리는 것이 도리지. 나는 훗날 날 정해서 따루 갈 테니께, 니 엄마랑.
갑분	근디 거기를 원제 갔다가 온대유. 식날이 코앞

인디.

한씨   김판서 댁 사정으로 식을 쪼끔 미뤄야 헌디야.
이번 새 장관 임명 동의안 때문이 어려움이 있
네벼. 양해 부탁헌다고 어젯밤 전갈이 왔네.

갑분   아… 뭐… 예. 잘됐슈…. 머리두 복잡헌 참이.

맹진사   복잡헐 게 뭐이가 있느냐. 니가 불안해 허는 그
런 상황 안 생기니께 걱정….

한씨   에헤! 혼례 날짜 미뤄지는 것은 참봉 시켜 방
새로 붙이면 되니께 신경 쓰지 말고. 잉? 이참
이, 마음 편히 머리 좀 식히고 와. 가서 밀면이
랑 물회도 좀 먹고.

입분   (짐가방 들고 등장) 저도 같이 갈까유?

참봉   가기는 워디를 가. 집안일이 산더민디!

맹진사   아니, 왜 이렇게 소리를 질러. 입분이 입장에서
는 그리 말허는 것이 당연헌 거지. 다른 의견이
있다면 설득을 허든가 해야지 왜 위계에 의헌
폭력을 행세햐.
저기 입분아. 이번이는 아가씨 홀로 다녀오게
그냥 두면 워떨까. 내 생각이는 심정도 많이 복
잡헐 거 같고, 조용히 있으매 생각 정리도 해야

옛 전통의 새로운 움직임-맹

헐 거 같구. 아가씨를 위헌다며는 이럴 때 홀로 두는 게 아가씨를 위허는 길인 것 겉은디⋯. 너의 생각은 워떤지 들어보고 싶은걸?

입분이   기차역⋯.

맹진사   간다구?

입분이   기차역까정만 배웅헐게유.

맹진사   배려도 헐 줄 알구 우리 입분이 마음이 참 서해 바다다.

맹진사, 한씨, 참봉   하하하하.

갑분과 입분. 인사 올린 후 퇴장.

한씨   자, 갑분이는 부산 당숙 집이로 보냈고.

참봉   잘하셨습니다요.

맹진사   삼돌이도 돈 쥐어 줬으니 며칠은 정신 나가 있을 테고.

참봉   잘하셨습니다요.

한씨   그럼 이제 남은 과제는⋯.

셋. 방으로 들어와 앉는다.

맹진사 　　인자 내일이면 꼭두새벽겉이 그 짝쩩이가 대문
　　　　　을 열고 들어 올 터인디…. 절대 실수가 읎어야
　　　　　허는디….

한씨 　　　당신만 처신 잘하믄 하나 문제 될 거 읎슈.

참봉 　　　마님. 그래두 입분이헌티 부모형제, 일가친척
　　　　　이라고는 아무도 없으니 천만다행 아닙니까요?

한씨 　　　그게 무슨 말이냐. 우리가 부모니라. 잔뼈가 굵
　　　　　도록 길러 준 이 맹씨 가문의 공을 지도 사람이
　　　　　면 알 것이라. 만약 협조허지 않구 배은망덕하
　　　　　게 군다면 그때는 억지루 윽박여서라도….

맹진사 　　억지루라니. 끝까지 설득해서 동의를 읃는 것
　　　　　이 현세대적 방식인디.

한씨 　　　흠….

맹진사 　　달래야지. 살살 달래서 일을 잘 끝내도록 해
　　　　　야지.

궁리하는 셋.

맹진사, 한씨, 참봉 　　궁궁 궁리궁리 궁리궁리 궁리궁리 궁.

입분 등장.

입분　　배웅해 드리고 왔구먼유.

한씨　　입분이. 잠깐 안으로 올라오너라.

입분　　예?

맹진사　　참봉?

참봉　　어, 착하지 잠깐 올라가거라. 으르신덜이 부르
　　　　시지 않느냐. 자. 자. (방으로 들여보낸다)

방 안으로 들어오는 입분.

한씨　　입분아

입분　　예에.

한씨　　넌 말이여. 오늘부텀 입분이가 아니다. 잉?

입분　　…예?

한씨　　갑분이여. 네가. 갑분이가 됐어.

입분　　….

한씨　　내 딸 갑분이는 한동안 읎는 것이다.

입분　　에그머니나, 무슨 그런 살벌헌 말씀을.

한씨　　그렇게만 알고 있으믄 되는겨. 알었지.

입분	무슨 말씀이예유, 그게. 아가씨가 버젓이 있는 디 읎다고 말씀허시는 것이. 아가씨 헌티 뭔 일 있대유? 상세히 얘기 해 줘유. 지발.
한씨	네가 갑분이를 그처럼 위허느냐?
입분	물어볼 필요도 읎는 물음을 왜 물으셔유. 대체가.
맹진사	무던히 잘 가고 있지?
참봉	무던히 잘 가고 있습지유.
한씨	그러면 말여. 너 저기 갑분 아가씨를 위허는 일이라며는 대신 죽을 수 있어?
입분	떠보시는 거예유, 시방? 아가씨 일이라믄 열 토막으로 죽으래도 죽겄어유.
참봉	무던히 잘 가고 있지?
맹진사	이런 개….
한씨	그러며는 갑분이 대신 네가 윗골로 시집가거라.
입분	마…마님. 너무 놀래서 다음 대사가 안 나와유.
한씨	정신 바짝 채려.
입분	아이구 참. 마님. 아니, 시방 그게 뭔 말이래유. 자꾸.
한씨	갑분 아가씨를 위허는 일이여!
입분	숫제 죽으라면 죽는 게 낫지. 그거는….

맹진사　이럴 줄 알았다. 요 앙큼한 것….

한씨　(일어나며) 갑분 아가씨를 위헌단 소리는 새빨간 거짓말. 표리부동한 너는 상당히 고약허구나!

입분　마…마님.

한씨　몇십 년을 잔뼈가 굵게스리 키워 준 은공을 헤아릴 줄 모르는 이 쌍것.

참봉　생각 좀 돌려라, 입분아. 너헌티 해로운건 하나도 읎어.

맹진사　아이구 그럼요. 신랑이 뭐 쪼끔 짝짝이인 거 뭐 그거 저거 허기는 허지만서두 쩡쩡한 대감 댁 며누님이 되는 건디. 종살이 안 해두 되구. 삼돌이 그까짓 거 뭐…. 걔… 좀… 이렇게 둔탁허지 않니 스타일이? 그 놈헌티 스트레스 안 받어두 되구.

만취한 삼돌이.

삼돌　영감마님, 영감마님! 시방 그게 뭔 말이유? 아무리 종의 인권이 거세된 조선 시대라지만 약속은 약속 아니유. 이게 아무리 연극이래두 너무 심헌 거 아니유?

맹진사　참봉. 저 눔이 술을 월매나 처먹었는지는 몰라
도 캐릭터와 자아 사이에서 너무 극단적인 갈
등을 허고 있는 거 아녀, 시방?

참봉　이놈아. 인물로서 연기해라!

삼돌　입분이. 이 소갈머리 없는 여성. 거가 워떤 자
리라구 천연스레 앉아 있어. 어? 아가씨의 몸종
인 네가 워쳐게 바탕을 감추구 그 어른과 혼례
를 헌단 말이냐. 잉?

참봉　으른들 앞에서 이 무슨 행패여!

맹진사　이런 종놈에 새끼가. (삼돌 따귀 때린다) 그간 오
냐오냐 해 줬더니 워따가 눈을 까뒤집고 흰자
만 떠?

취한 맹노인.

맹진사　아이고 아버지. 뭔 놈에 술을 이렇게 과허게 자
셨슈.

맹노인　절차 무시헌 새끼.

맹진사　아버지 엥간히 좀 허세유. 제 딸 제가 알어서

합니다. 에? 제가 허는 일에 아버지는 그냥 축
하해 주고 박수 쳐 주고 그러면 안 되는 거예
유? 왜 이렇게 지가 허는 일에 태클을 걸어유.
걸기는.

한씨　　당신 그만 좀 해싸.

맹진사　자꾸 이럴 거며는 낼 혼례헐 띠 오지 말어유, 그
냥. 갑작스레 돌아가셨다고 사람들헌티 공표허
믄 되는 거니께.

맹노인　오냐. 이런 후랴덜 놈아. 니 딸래미 식날 나 안
나타날 거니께 신경 쓰지 마. 이 새끼야. 워차
피 나는 혼자여. 그려 워차피 갈 때 누구랑 같
이 가는 거 아니니께 미리 이런 취급 받는 것두
감사헌 일이여. 이 씨부랄놈에거. 하늘이시여!

천둥과 번개.

맹노인　(맞는다) 으아아악~~~.

한씨　　아버님 그만해유. 지가 다 잘못했으니께. 참봉.

참봉　　(부축하며) 어르신. 같이 나가시죠!

맹노인　(참봉에게) 너도 이 새끼야. 인생 그렇게 살지

말어. 소신도 없는 쥐새끼 같은 쥐새끼. 새끼.
너 겉은 놈이야 말로 천둥벼락을 맞을 것이다!
하늘이시여!

천둥과 번개.

맹노인 (또 맞는다) 으아아악~~~.

일동 (뛰어들며) 아버님. 으르신.

맹노인 (전기가 흐르는 채로) 나 안 죽어. 안 죽어. (울부
짖는 삼돌에게) 삼돌아. 삼돌아.

삼돌이 예, 마님.

맹노인 승질내지 말어. 다 지나 보면 알게 되는겨. 사
람에 대헌 이러헌 배신을 왜 겪어야 했는지.

삼돌 나 억울허구먼유. 진심 억울해유. 대감 마님.

맹노인 울지 말어. 원젠가 막은 내릴 거고 이 이야기도
끝날 거여. 관객들에게 우덜은 워떤 인물로 기
억될까? 그렇지. 한 명에게 배신당한 두 인물로
기억되겠지.

맹진사 (맹노인에게) 지발 그만 좀 하세유. 대화가 안
되잖아유.

맹노인   가자, 삼돌아. 막걸리나 먹으러 가자. (나가며)

              씨부랄 배신당허기 참 좋은 날이구나!

한씨, 참봉 아버님…! 어르신…!

삼돌   입분인 내 거유. 나랑 혼례시켜 준다고 마나님

              께서 똑똑히 그랬잖어유. 상전은 종놈에게 일

              구이언하구 막 배신해두 된답디까?

맹진사   뭐? 디까?

삼돌   그런 양반은 제아무리 상전이라두 개떡 같아

              유! (노인, 삼돌 퇴장)

입분   삼돌이 너두 참…. 내 의사는 묻지도 않구.

암전.

2막

1장

혼례날.

함께   어서 오시오. 어서들 오오시오. (어서 오시오, 어
         서들 오시오)
         오늘은 10월 열흘 12시. 빨간 단풍 위에 해 솟
         은 날.
         윗골 사는 김판서와 아랫골 맹진사가 사돈 맺
         는 날이라오.

홀로 있는 맹진사.

맹진사   삼돌이 이 쌍놈의 새끼. 술 처먹고 여기저기 소
         문이라는 소문은 다 내놓구…. 에이 씨부랄. 저
         기 참봉!

참봉   예.

맹진사   오늘 신부에 대해 일절 입 열지 마. 신부가 뭐 조금 뭐 달라졌네 어쩌네 그런 비슷헌 이야기 나온다. 그럼 무조건 자리 피햐. 말을 못 허는 척을 허든지. 이? 괜히 사돈댁 귀에 의심 살만 헌 이야기 들어가면 나뿐만 아니라 이 이야기 들은 우리 모두, 관객 포함혀서 다 사단 나고 극장 문 닫아야댜. 농 아녀. 알어 들었어?

참봉   예.

맹진사   삼돌이 오늘 여기 얼씬도 못 허게 단속 잘햐. 사돈댁 왔을띠 깽판 놓으믄 수습불가니께.

참봉   우려 마세유, 나리마님. 저도 이 프로젝트의 중심 멤버인 이상 그런 일은 절대 안 일어나유.

맹진사   있잖녀. 때때로 나는, 이렇게 쉽게 당신을 믿어야 헐지 불쑥 의심이 들 때가 있더라?

멀리 삼돌의 소리, "이런 짝째기!"

맹진사   시방 뭔 소리여? 누가 "온다. 짝째기!" 그러지 않었어?

참봉	에이, "아싸 잡채기!" 헌 거 같은디유? 씨름판
	벌어졌나?
맹진사	그려? 어휴. 진땀 나.
참봉	마음 가라 앉히세유. 마님.
맹진사	저기 신부 단장은 잘되어 가나?
참봉	그러문입쥬. 그야말로 물 찬 제비요 환히 떠오
	르는 반달. 딴 사람 됐슈.
맹진사	그려? 워디 일루 좀 나오라고 혀 봐.
참봉	예. 입분아. 준비 다 됐으면 나와….

삼돌. 절뚝거리며 등장.

참봉	쉬이이. 삼돌이 등장.
맹진사	얌마. 너 왜 나탔냐…. 너 이놈에 새끼. 시방 무
	슨 짓이여 이게? 왜 내 앞에서 다리를 절어. 비
	꼬는 거여, 시방?
삼돌	아니에유. 영감마님. 죽을려다가 그만 낙상했슈.
참봉	뭐?
삼돌	사는 동안이는 힘이 읎으니께 귀신 돼서 마님 황
	천길 모시고 갈라구 절벽이서 뛰어내렸구먼유!

맹진사	이 죽일 놈이!
삼돌	씨부랄. 칠라믄 쳐 봐유. 저 판서 댁에 내가 말 한마디만 하면 이 집구석은….
참봉	아니 이놈아. 이러다 큰일난다, 증말.
입분	삼돌아!
삼돌이	입분아! 양반에게 시집가도 근본은 쌍놈이라. 반은 양반 반은 쌍놈. 니가 바로 짝째기다. 입뿐아!
참봉	삼돌아!
삼돌이	(현실로 돌아와) 예. 참봉 나으리.
참봉	지발 좀 진정해라. 응? 마님께서 입분이 아닌 다른 색시 하늘에서라도 구해 줄 것이다. 마님 목숨 걸고 약조허니 한 번 믿고 화 삭혀라.
맹진사	내 목숨을 왜 니가….
삼돌	정녕, 색시 하나 은어 주실려거든 입분이 대신 갑분 아가씨 주세유.
맹진사	(격노하여) 이런 개새… 아 놔 돌겠네. 증말!
삼돌	마찬가지아뉴. 입분이가 갑분 아가씨가 됐으니. 갑분이 아가씨가 입분이 되는 거는 당연지사 아닌감유? 그렇게 된다믄 마님은 나헌티 약

속지켜 양반 체면 지키는 거구 나는 입분이랑
부부 되는 거니께 모든 것이 다 순리대로 되는
거 아니냔 말이예유!

한씨. 조용히 등장해 맹진사의 따귀를 때린다.

삼돌　　　(쪼그라들어) 싫⋯거들랑⋯ 그⋯그만두세⋯.
　　　　　　（퇴장）

참봉　　　(눈치 살핀다)

맹진사　　참봉. 이 돈 가지구 가서 저놈 좀 달래 줘. 뭔 헛
　　　　　　짓을 헐지 몰르니께.

맹진사. 얼얼한 뺨을 부여잡고 퇴장.

2장

한씨. 입분에게 초례법식(혼례의식)을 가르치고 있다.

한씨　　　야야야야. 너 뭐 하는 거여, 시방. 왜 절을 허다
　　　　　　말어. 한 번 절은 신랑 일 배. 너는 신부 이 배라

말했어 안 했어. 어? 귓구녕이 뚫렸는디 왜 들어 처먹지를 않는 거여. 대체가.

입분   ….

한씨   네 잔에 술 채워지는 걸 뭐라고 했어?

입분   그…그…. (훌쩍거린다)

한씨   신랑신부 우짐주, 우짐주, 우짐주! 음필수잔 반 우집사 하면 받은 술을 반만 처마시고 오른쪽 집사에게 잔 넘기라고! 아 뇨 진짜, 이씨.

입분   (터지는 울음)

한씨   뚝 그쳐! 됐고. 인자 날 어머님이라 불러 보거라.

입분. 입을 떼지 못한다.

한씨   어서!

입분   어…어…. (주저 앉는 입분)

한씨   아이고 씨부랄.

쓰러져 우는 입분. 태평소 소리.

입분, 한씨 퇴장.

5장

참봉   진사 영감님. 진사 영감님!

참봉 급히 등장.

맹진사   뭐여. 왜 이렇게 야단이여?

참봉   아니…. 후… 이것 참.

맹진사   뭐이가 아니란 말이여, 시방?

참봉   하늘이 땅이 되구 땅이 하늘로 뒤집혀졌습니
               다유.

맹진사   그게 뭔 말이여. 대체가.

참봉   **샛별겉이 영롱헌 눈. 장부 기상. 용솟음 코. 싱**
               싱-헌 철퇴 기운. 황소 체격에
               간들어진 맵시. 하늘 성인군자인 양 늠름헌 풍
               채. 도무지 듣던 소문과는 획 딴판이니 장차 이
               일의 조치를 어찌하시리오.

맹진사   시방 누구 얘기 허는 거여?

참봉   짝…짝…. 아이구.

맹진사   야. 시끄러! 자네가 잘못 본 게지. 장난 허냐,

지금?

참봉 아닙니다요. 분명히 짝째기가 맞습니다요!

맹진사 이런! 비켜 봐. 백문이 불여일견. 내 눈으로 직접 봐야겠다.

대문 열고 뛰쳐나가는 맹진사.

갑분 온다 온다 시끌벅적 풍악소리 태평소가 운다
삐리리리 삐리리리.
온다 온다 백마 타고 비단 입구 짝째기가 온다
삐리리리 삐리리리.
에헤 에헤이야 이야이야 여차 에헤 에헤이야
짝째기가 왔다.

백마 타고 마을에 당도한 신랑 김미언.

김미언 워워. 기체후일양만강하신지요.

맹진사 그…그댄가? 그대가 미…미언이란 말인고?

김미언 (읍한다)

맹진사 윗골 김판서 댁 자제분 미…미언이가 정녕 그

대인가?

김미언 적실이 그러하옵니다. 그것을 번복하여 물으심은 혹여 이 댁이 아랫골 사시는 맹진사 댁이 아니지나 아니신지. 그래서 불초 이 몸이 잘못 찾아온 게 아닌지 심히 두렵습니다만.

맹진사 아니오. 여기가 바루 그 집이오. (혼잣말)아! 가슴이 방아질 친다. 내가 진사 맹태량… 헌데…. 이리 좀 가까이 와 보시게.

김미언 (두어 걸음 다가간다)

맹진사 두 발만 뒤로.

김미언 (지시대로 한다)

맹진사 (혼란스러워지며) 참봉. 자네 말대로 하늘이 땅이 되고 땅이 하늘로 뒤집어졌네그려.

참봉 아이구….

맹진사 옳지. 바로 당신이었지. 발이 뭐 사이즈가 저기 헌다고.

대답이 없는 김명정.

맹진사 왜 대답을 안 햐. 당신 때문이 시방 이 사단이

난 거 아니냔 말여. 그 따위 거짓부렁을 허는 바람에.

김명정 예. 확실히 이 사람이 그렇게 말을 했고 또 그것을 부정하지도 않겠습니다만은 이에 대해선 저의 형님 되시는 김판서 대감허구두 미리 상의한 바….

맹진사 뭐요? 판서 대감이 형님?

김명정 예. 제 형님 되십니다.

맹진사 뭐여. 그때는 동생 캐릭터가 아니였잖아.

김명정 (웃으며) 용서하십시오. 제가 그 인물이 될 수밖에 없었던 까닭은….

맹진사 까닭은?

김명정 미언아. 네가 말씀드리는 게 좋겠다.

맹진사 됐어. 듣고 싶지도 않고 은혜를 이딴 식…. 아니요. 어찌…어찌 당신이 내 집을…. 맹문 일가는 이제 보기 좋게 망했오.

김명정 네? 댁이 망하시다니오?

맹진사 네? 아 아니외다. 이따끔 내가 헛, 헛, 헛소리 허는 병이 있어서. 헛. 헛. 헛. 헛! 그건 그렇구. 에그, 이거 한시가 급한데…. 게 아무도 없느냐?

작인 1　예이.

맹진사　저기 냉큼 가서 갑분 아가씨께 전하거라. 윗골
　　　　　에서….

작인 1　갑분 아가씬 부산에 가셨….

맹진사　이 개샊….

참봉　(맹 들으라고) 에헴.

맹진사　허. 이거 손님들을 깜짝 잊었습니다그려. 이보
　　　　　게, 참봉. 귀헌 귀빈 먼 길 오셨으니 일단 사랑
　　　　　으로 모시게.

참봉　…예. 예.

맹진사　사돈댁. 일단 사랑으로 드시지유.

참봉, 김미언, 김명정 퇴장. 한씨 급히 등장.

맹진사　(거의 목멘 소리로) 여보….

한씨　일단 부산으로 누구를 보냅시다.

참봉　(급히 들어와) 마님 워쳐케 헌답니까?

한씨　참봉. 제일 빠른 ktx가 원제여?

참봉　남은 게 무궁화유.

한씨, 맹진사 쉣더 뻑. 지저스 크라이스트 오마이 가쉬….

　옛 전통의 새로운 움직임-맹

한씨	여보.
맹진사	(괴롭다)
한씨	정신 바짝 채려!
맹진사	정신을 워쳐케 차리나, 이 사람아. 시방 이 사단이 났는디.
한씨	삼돌아. 삼돌이 게 있느냐.
참봉	쉬이이이. 삼돌이 등장.
맹진사	쉬이. 그것 좀 하지 마.
삼돌	왜유.
한씨	너 빨리 가서 갑분 아가씨 모셔 오너라.
삼돌	아직 단장허구 있습니다요.
한씨	이놈아. 진짜 갑분 아가씨 말허는 거여.
삼돌	분장을 허다 말었는디 걍 나오라구 해유?
한씨	얌마! 입분이 말구 진짜 갑분 아가씨.
삼돌	마님 왜 그래유 진짜. 나 가지구 그만 장난 쳐유.

한씨. 맹진사의 따귀를 또 때린다.

한씨	애덜 단도리를 워쳐케 혔길래 주인 말귀를 이토록 못 알아들어. 왜 이러는 거여. 왜! (퇴장)

맹진사 얼얼한 뺨을 또 어른다.

맹진사　　부산에 다녀오라구, 이놈아. 당숙 으르신네 가
　　　　서 진짜 갑분이 아가씨 모시고 오라구, 빨리!

삼돌　　　이런 강압적인 분위기 연출헌다고 지가 눈 하
　　　　나 꿈쩍할 거 같어유? 더 이상 안 속아유. 지는.

맹진사　　오냐. 너 댕겨 오면 내 당장 입분일 내주마.

삼돌　　　오늘이 혼례날인디 워쳐케 입분이를 저헌티….

맹진사　　니 노비 문서를 걸고 약조허마. 만약 내 말이
　　　　거짓이믄 너는 (삼돌 퇴장했다) 자유여!

김명정　　사둔님 신랑이 말 타고 오느라 몹시 지친 모양
　　　　입니다. 혼례를 빨리 올리도록 해 주십시요.

맹진사　　헌데 신부 단장이 쬐금 미진한 데가 있어설랑.

김미언　　아니, 신부께서 여태 단장을 안 허시다니.

맹진사　　아. 뿐만 아니라 저의 아버님께서 아직 도착을
　　　　안 허시어 기다리는 중인데…. 실은 아버님이
　　　　많이 섭섭하신 터라 쉽사리 발길이 이쪽으로
　　　　떨어지지 않으시나 봅니다.

김명정　　어르신께서 손녀 생각하시는 마음 충분히 이해
　　　　는 가오나.

김미언	귀여운 사위님 몸을 생각하시어 속히 좀 치루도록 해 주십시오.
김명정	미언아. 일단 좀 기다려 보자.
김미언	예. 작은아버지.
김명정	자. 가자.
김미언	예.

김명정, 김미언 퇴장.

맹진사	이보게, 참봉. 나 좀 혼자 있겠네.
참봉	하오나 시방 서둘러야….
맹진사	딱 5분만….

맹진사가 홀로 남아 있다.

째깍…째깍….

5분 후. 암전.

4장

올빼미 소리가 참 에로틱하다. 첫날밤.

김미언   내가 싫어서 이러시오?

입분   ….

김미언   그런가 보군 분명히 내가 싫어서…. 그런가 봐.

입분   ….

김미언   이제 우리 둘은 혼례까지 치르어 천지신명에
　　　　게 백년해로를 맹세한 부부요. 허나 그것은 겉
　　　　치레. 그보다 더 중요한 것은 서로에 대한 마음
　　　　씨. 그러니 내가 싫으면 싫다고 하시오.

입분   그런 게 아니에유.

김미언   그럼 뭐요? 대체 뭣 때문에.

입분   혹시 저 때문이 몹쓸 욕을 당허구 큰 낭패를 보
　　　　실까 봐 두렵습니다유.

김미언   욕? 큰 무슨 낭패?

입분   네. 난 갑분 아가씨 아네유.

김미언   이 무슨 이런 소리오? 당신은 갑분 아가씨. 내
　　　　아…. 네?

입분　　네. 저는 천한 몸종이라구유. 갑분 아가씨의 시중을 드는.

김미언　　아아. 그래요?

입분　　지를 용서해 주세요. 실상은 맹진사 대감님께서 나으리가 발 사이즈가 약간 다른 관계로…. 그래서 이 천한 몸이 아가씨 대신 신부로…. 저는 가짜예유.

김미언　　음…. 그래서요?

입분　　그래서… 라니유? 지가 뭘 더 붙일 수 있겠어유. 단지.

김미언　　단지.

입분　　지금은 차라리 나으리가 짝짝이였으면 좋겠어유. 아무도 시집와 주지 않는 쓸쓸한 남성. 그랬다믄 지가 시방 이토록 괴롭지는 않았을 텐디…. 그랬다면은 나으리를 떳떳이 맞이헐 수 있었을 텐디…. 몹쓸 저를 용서하세유. (운다)

김미언　　자자, 그만. 사실 잘못을 사과하고 용서를 빌어야 할 사람은 오히려 나라오.

입분　　그 무슨….

김미언　　다 알고 있었소.

입분	….
김미언	이번 일을 그렇게 꾸민 사람은 나요. 내가 숙부님께 부탁하여 내 발이 짝짝이라고 헛소문을 냈고, 참봉을 시켜서 지켜보게 한 것이요.
입분	…왜.
김미언	사랑 때문에.
입분	사…랑?
김미언	사랑할 수 있는 사람을 찾기 위해서 말이오. 돈이 있다든가, 없다든가, 절뚝거리거나, 머리숱이 없거나, 키가 작거나, 너무 크거나, 머리가 산 만하던 조약돌만 하건, 중형 가마를 가졌던 소형 가마를 가졌던 집이 몇 평이던, 연봉이 얼마던. 이 모든 것은 겉치레요. 내 치부이긴 하나…. 나 놀만큼 놀아 봤소. 그대가 상상하는 그 이상으로. 그 시절 난 부귀영화에 대한 욕망과 쾌락에 취한 승냥이 같은 남성과 여성들을 진절머리가 나도록 겪었소. 그 천박한 수렁 속으로 이제는 돌아가고 싶지 않아. 절대로! 허나 당신은 그들과 달라.

'빠앙~' 기차 소리. 한쪽 밝아지면 부산.

삼돌   갑분 아가씨.

갑분   삼돌이?

김미언   입분이.

입분   …네

김미언   그 어떤 괴로움과 불안한 환경을.

삼돌   아니, 왜 이리 핼쑥해유. 얼굴이.

갑분   훗. 그런가.

김미언   박차고 뛰쳐 나갈 만한 굳건한 마음씨.

삼돌   아가씨. 저 장가가유. 입분이헌티.

김미언   자신만의 진실을 주장하는 꼿꼿한 태도.

갑분   아니. 난 돌아가지 않어.

김미언   그리고 모든 걸 감내할 용기를 갖고 끝내 자신
         의 길을 가고야 마는.

갑분   난 그냥 여기 있을 테니….

삼돌   안 돼!

갑분   왜 안 돼!

김미언   시대를 앞서 태어난 대쪽 같은 당신.

삼돌   반드시 모시고 올라가야 해유.

입분	과장일 뿐.
갑분	난 내가 누군지 알기에.
삼돌	아가씨….
갑분	나는.
입분	아가씨의 몸종일 뿐.
갑분	속물.
김미언	이젠 아냐!
삼돌	아니지 않아유!
입분	아니, 아니야.
갑분	아니긴 뭐가 아니야. 난 비구니가 될 거야!
삼돌	아가씨!

삼돌, 갑분 퇴장.

김미언	이제 그대는 진실과 순정의 굳세고 아름다운 내 아내요.
입분	저… 저기유.
김미언	입분이, 다시는 나보고 저기요라고 하지 말기!
입분	아직 준비가….
김미언	준비 필요 없어. 불러 줘요.

입분	….
김미언	어서!
입분	아니 뭐라고….
김미언	여보.
입분	여…여…. 아무래도 안 되겠어유.
김미언	미안. 내가 너무 강요했군. 이해할 수 있어. 당신이 뭘 싫어하는지는 우리 작은아버지를 통해 충분히 들었으니까. 그래요. 우리 시간을 갖고 노력합시다. 어두우니 불 좀. (불을 킨다)

불 아래 드러나는 김미언과 입분. 서로 물끄러미 바라본다.

입분	좋아. 그러면 인자부텀 서방님도 저를 이렇게 불러 줘유.
김미언	뭐라고.
입분	갑. 분. 아.

암전.

5장

은근히 방 안을 엿보다 뒤돌아 쭈그려 앉는 맹진사. 담배
를 꺼내 피워 문다.

맹진사 　　　진천 사는 추대감이 좌의정이였던가… 우의정
　　　　　　이였던가….

한 모금 깊게 빨고 긴 연기를 내뿜는다.
흰 연기가 빈 무대 위에 조나단을 그려낸다.

맹진사 　　　조나단!

터덕터덕 다가오는 조나단.
맹진사는 조나단을 쓰다듬고는 이내 올라탄다.

맹진사 　　　조나단. 가자. 진천 가자!

맹진사와 조나단 힘차게 달린다.
그 장면 위를 덮는, 창(唱).

옛 전통의 새로운 움직임-맹

맹

맹- 헌 사람아.

담배 꼬나물고

깊숙헌 폐 속이서 뱉아낸 허어연 연기 너를 덮고 있는 모

냥새가

뜬구름 속 허우적대는 붕어 같구나.

더 가지거라. 더 올라가거라.

눈이다 쌍심지 켜고 주먹 꽉 쥐고 이빨 꾹 깨물고

악따구니 쓰매 악착겉이 살으라고

니 똥꾸녕 간지르는 이 워디 있더냐.

읎다. 읎느니라.

여기 황망한 꿈꾸는 너 말고는 아무도 읎느니라.

이 맹-헌 사람아.

너는 시방 워디로 가느냐.

시방, 워디로 갈 것이냐.

대단원.

운명은 너희 마음
그대 안에 있고
너희의 손안에 있다

Lee Chul Hui collection of plays 3

진천이 추천하는
진천 추천 연극
진천 사는 추천석

이철희 희곡집

"암만해두 죽음은,
사는 동안
눈이다가 새겨야 헐
징표인가 봅니다."

최인혁

추운 마음
겨울 사랑

그대 마음 겨울 사랑은 추워 겨울이

작의(作者)

이철희

〈진천이 추천하는 진천 추천연극 진천 사는 추천석〉은 전
국에서 기름진 쌀로 으뜸인, '생거진천 쌀'의 생산지인 충
청북도 진천을 배경으로 한다. 진천의 대표 설화인 '생거
진천 사거용인(生居鎭川 死居龍仁)'을 극화한 작품으로 살
아서는 진천 살고 죽어서는 용인에 묻힌다는 뜻이다.

저승사자의 실수로 '용인 사는 추천석'이 아닌 '진천 사는
추천석'을 저승에 잘못 데려오면서 벌어지는 해프닝을 다
루는 소동희극으로 세대를 아울러 누구나, 쉽게, 함께, 즐
거이 즐길 수 있는 연극을 만들어 보자는 목표 아래 쓰여
졌다.

또한 굴곡 많은 인생을 산 진천사는 추천석의 일대기를
엿보며 '고통스럽고 지난한 삶을 살아가는 우리의 삶이 얼
마나 낭만적이란 말인가.'라는 메시지를 역설적으로 담고
자 하였다.

충청도 사투리와 마당놀이의 형식이 적극 활용된 본 희곡을 통해 독자들은 우리 설화의 현대적 변용의 가능성과 한계 없는 연극의 저력을 확인할 수 있을 것이다.

등장인물 ═══════════════

진천 가족

추천석

추천석 부인

추천석 딸

용인 가족

추천석

추천석 부인

추천석 아들

염라국

염라대왕

저승사자

저승사슴

저승사과

사공

그 외

염라국 직원들, 방사선과 직원, 임꺽정, 쉰 목, 중, 앞 상여
꾼, 뒤 상여꾼, 숲 해설사 등

▶ 본인의 역 외에 일인다역을 즐겨 보자. ◀

무대

배우라는 존재보다 더 미학적인 장(場)과 정확한 면(面)을 구현해 낼 수 있는 무대 장치는 없다.

진천이 추천하는 진천 추천 연극 진천 사는 추천석

1막

1장

동틀 무렵, 아직까지는 새벽. 쌓이지도 못할 눈이 흩날린다.
먼 사공의 노래에 사내를 태운 뗏목이 세금천을 역류해
다가온다.

사공   **비추인 달 모냥을 깨뜨리는 이 수력에**
               '탁' 꽂아 노 저어 역류하여 나아가세.
               산 곳은 이승이요 살 곳은 저승이니
               비리세 내삐리세 이승 미련 내삐리세.

나아가지 못하는 뗏목.

사공   어벙벙허겄지. 알지. 내 알지. 자네 부친도, 조
               부도, 증조부도, 고조부도, 천조부도, 태조부도,
               원조부도, 비저부도 자네처롬 죽음 앞에 어안

이 벙벙했네.

사내. 사공을 바라본다.

사공   다 내려놓아야 허네. 다. 어서 저승이루 건너가
          야지. 해 뜨면 하루 더 묵었다 가야 허는디, 하루
          더 묵으면 이승 미련은 한 관 더 무거워지는 법.

사내. 입을 떼려 한다.

사공   나헌티 뭘 물어두 내 해 줄 말은 하나. 단지 때
          가 된 것 뿐이네. 응축해 말허자면 운명이지.
          그러니 가세. 궁금헌 건 추후 저승 형제 만나
          묻고. 나도 들으가 쉬야지.

사내. 지나온 물길을 되짚어 본다. 다시 움직이는 배.

사공   **흘러간 물길 짚어 본들 흐르는 물길 어쩌리오.**
          탄식은 (후) 날숨에 (하). 인연은 (후) 신기루 (하).
          가 보세. 가 보세. 저승다리 가 보세.

진천이 추천하는 진천 추천 연극 진천 사는 추천석

세금천 거슬러 속히 건너세.

음 음 음음음 음.

사공의 노래가 멀어진다.

농다리. 저승 형제가 뗏목을 기다리고 있다. 마침내 저 멀리 사공의 구음이 희미하게 들려온다.

저승사슴   온다!

저승사자   드디어 오는구나. 아우야. 그간 고생 많았다. 지난 사백 년간 사자로 살며 누적된 피로가 싹 풀린다. 참 쾌하다.

저승사슴   형님. 사백 년 만의 귀휴요.

사자, 사슴   얼씨구.

저승사슴   형님, 형님. 형님은 이승 가서 무슨 이름으로 불리우고 싶소?

저승사자   스스로 이름을 짓고 태어났다는 인간사 들어본 적 없으나, 좋은 이름만 있다면야 내 어미 태

몽을 통해 내 예언할 것이니 네가 한번 작명해 보거라.

저승사슴 좋소! 내 오늘 형님께 어머니 노릇 하며 이름 한번 지어 줄터. 두둥탁. '무명실'.

저승사자 아이고, 어머니. 게 무슨 뜻이오.

저승사슴 가늘고 길게 살라는 뜻이니라.

저승사자 아이고, 어머니. 그거 좋은 이름이요.

저승사슴 고맙구나.

저승사자 헌데 나 죽은 듯, 비위나 맞추며 소신 없이 가늘고 길게 만 살 듯한 이름이요.

저승사슴 그렇다라….

저승사자 예. 예. 귀한 생명 긴 보존은 감사요. 허나 것보다 더 기품 있는 이름이면 어떠하시올런지….

저승사슴 맘에 안 든다는 말을 타인을 배려해 이토록 예쁘게 말하는 태도. 이쁘다. 우리 딸.

저승사자 아들입니다.

저승사슴 딸아.

저승사자 예. 어머님.

저승사슴 그렇다면 이건 어떠냐.

저승사자 얼씨구.

저승사슴   두둥탁. '연.고.경'.

저승사자   연고경?

저승사슴   예쁠 연, 돌아볼 고, 거울 경. '매사 자신을 거울
            에 비춰 돌아보아 흠 없는 삶으로 가꾸어 살거
            라.'라는 뜻이니라.

저승사자   아이고, 어머니. 거 좋은 이름이요. 허나 저 비
            정한 세상에서 흠 없이 고상히 사는 것이 어떤
            의미인지요? 그저 본성을 쫓아 내 얼굴에 묻은
            똥보다 넘의 얼굴에 묻은 티끌을 비추어, 내 탓
            도 네 탓인 척 우기며 살아야 겨우 살 수 있는
            세상이 아닙니까?

저승사슴   이것도 저것도 싫다면 나더러 어쩌란 말이냐.

저승사자   뭘로 불리든 그게 뭔 상관이겠습니까? 밤으로
            불려도 아침같이만 살면 되는 법. 그냥 놔둡시
            다. 나중에 내 부모가 적당하게 짓겠지요.

사자, 사슴   허허허.

저승사자   아우야. 이제 작명 놀이 그만하고 우리 임무의
            대미인 저 마지막 배를 맞아 주자.

저승사슴   그럽시다. 형님. 유종의 미. 해 뜨면 저승 문 닫
            히니 속히 맞이해요.

사이.

저승사자   …사람으로 산다는 건 참 재미질 거다.

다다른 배. 사내가 저승 형제 맞은편 다리 끝에 선다.

저승사슴   이보오. 사공. 그간 숱한 영혼 실어 나르느라
고생 많았소. 다음은 우리 차례니, 배 휘~ 태우
고 이승에 데려다주오.

사공 사라진다. 저승 형제와 사내 사이로 찬바람이 분다.

저승사자   먼 길 오시었소. 자, 편하게 건너오시오. 어차
피 끝은 시작이니 발걸음 가벼이. 아, 긴장도
풀 겸 우리 통성명합시다. 난 저승사자요.
저승사슴   난 이분의 동생 저승사슴이요. 우리는 '사' 자
돌림이지.
저승사과   그렇소.
사자, 사슴   깜짝이야!
저승사과   나는 저승의 문지기, 삼 형제 중 막내. 늘 사과

하는 저승사과요.

저승사슴　갑자기 등장하지 말래니까.

저승사과　미안합니다. 형님. 그르지 말랬는데 습관이 되
　　　　　　뉘서 정말 미안합니다.

저승사자　사과야.

저승사과. 주춤대는 사내를 모시러 간다.

저승사과　손.

사내의 손을 잡고 함께 다리를 건너는 저승사과. 형제들
맞아 준다.

저승사자　우리만 통성명했구려. 귀하의 이름은?

사내　　　전 추….

저승사슴　뭐라고 하는 거요. 크게 말해요. 크게.

저승사과　왜 강요해요. 우리가 가까이 가서 들으면 되지.

사자, 사슴　아!

사내　　　추천….

저승사자　뭐라?

사내	추…추천석이라 하옵니다.
저승사슴	잘헌다. 잘헌다. 더 크게 말하시오!
사내	추!천!서어어억!
저승 형제	옳거니! 0월 0일 생종(生終)한 추천석 염라국에 당도했으니, 지엄하신 염라대왕 납시어 혼심문 (魂審問)하여 주옵소서.

남자자매(집사) 명금일하 대취타(鳴金一下 大吹打) 하랍신다.

직원들   예이.

대취타가 시작되며 등장하는 테니스 복장의 염라와 염라
국 직원들.

남자 자매   쉬이~.

멈추는 대취타.

염라대왕	이 양반이야?
저승 형제	그러하옵니다.
염라대왕	네 이놈! 아니다. 오느라 고생했을 테니, 여기

천석 씨한테 뭣 좀 갖다줘.

직원들　예예. 염라.

남자 자매가 추천석에게 하이볼을 준다.

남자 자매　(속삭이며) 넌 뒤졌다.

염라대왕　일단 거 앉아서 갈증 좀 풀어요. 천석 씨.

앉아 잔을 입에 댄다. '윽' 찌푸려지는 추천석.

일동　하하하하.

염라대왕　자, 재판을 시작한다!

저승사과　**사십-세. 추우천-서역. 처는 삼 처. 자식 일 명.**

염라대왕　아직 젊고, 처자식들도 있는데 왜 그리 살았나.
　　　　　사람아.

저승사과　**부-성명 추-천서, 모-성명 성명-서.**

염라대왕　부모님들 존함 때문에 나쁜 짓 하기 쉽지 않았
　　　　　을 텐데. 자기 대범하네.

저승사과　**자(子)-성명. 뭐지 이거? 이 이름이 맞는 거야?**
　　　　　추…아들…?

염라대왕   아, 됐어.

저승사과   (훌쩍) 끝까지 못해 미안합니다.

직원들   하하하하.

염라대왕   (직원들에게) 니들은 나가.

남자 자매   나가.

직원들 나간다.

염라대왕   아니 우리 허심탄회하게 이야기해 보자고. 도
대체 왜 그런 거야. 천석 씨?

추천석   지(제)…가 무얼…?

염라대왕   후후. 그렇게 답하면 내가 어떻게 반응을 해야
할까? 그래. 그럼 쉽게 말할게. 왜 이렇게 드럽
게 살었니. 너?

추천석   소…소인은 시방 통 영문을 몰르겠습니다유.

염라대왕   여기가 어딘지 알고 감히! 그럼 생생히 보여 주
겠노라. 자기가 어떻게 살아왔는지. 영상 돌려.

저승사과 및 직원들 VR을 쓴다.

진천이 추천하는 진천 추천 연극 진천 사는 추천석

저승사과   재생이요.

집 담보로 서민덜 등쳐서

한양에다 대궐집 짓누나. (이런 이런 사기꾼 마귀꾼)

커다란 집만큼 탐심도 크니 서민들 자살에 죄책감 없네.

주막 출입은 습관이라 남남여여 가리지 않네.

마시자. 허랑 방탕. 오늘 밤. 극락 가자.

마시자. 허랑 방탕. 오늘 밤. 극락 가자.

그러다… 동틀 무렵… 공허함이… 내 가슴 적셔올 땐….

하! 처먹자. 처먹자. 등쳐 먹자.

서민들 등쳐서 내 큰 집 져 보자.

(이런 이런 사기꾼 마귀꾼, 이런 이런 사기꾼 마귀꾼)

추천석   대체 이게 뭔 놈에 도깨비 요술인지 모르겠사
오나 지는 결단코 저런 행실을 한 적이 읎대니
께유.

염라대왕   증거가 있음에도 대 놓고 부정하는 건 청문회
에서나 하는 짓거리야. 당신같이 뻔뻔한 종자
들 하는 짓은 다 똑같아.

저승사과   '미안합니다.'

염라대왕	라는 말을 단 한마디도 안 하지. 왜? 사과하는 순간 인정하는 꼴이 될 테니까.
남자 자매	하하하하.
추천석	그런 게 아니구먼유. 저 속이 나오는 사람은 결단코 지가 아니구먼유.
저승사자	이보오. 추 선생. 여기까지 오시는 길 얼마나 힘들었소. 뗏목 타고 세금천 거슬러 올 때 이미 이승 미련 다 버렸지 않소. 지은 죄 자백하고 용서를 구하면 정상참작 됩니다. 허나 이렇게 고집 부린다면 가려움의 형벌을 받게 될 거요. 기왓장으로 피가 터지도록 영원히 피부를 긁게 되는 형벌을 받는단 말입니다. 그러니 이실직고하시오.
남자 자매	아, 영상도 버젓이 봤잖아요. 엉덩이 맴매한다!
추천석	아니유. 아니유. 저 영… 영상을 다시 돌려 봐유. 다시 영상을!
남자 자매	상!상! 영.상!

추천석. 저승사과의 VR을 가로채 쓰고는.

진천이 추천하는 진천 추천 연극 진천 사는 추천석

추천석   자, 봐 봐유. 영삼 속 저 이는 나랑… 비젓허네.
점 위치도, 키도 비젓허네. 어찌 이리 저 이와
나는 비젓헌가. 아! 웃는다. 웃을 띠 저 이빨.
이빨 모양이 판이하게 달르네. 저 영삼 속 사람
의 앞니는 깨져 있고 벌어져 있슈. 근디 내 이
빨은 보시다시피 웃풍 막은 창마냥 틈 없이 고
르잖유. 에? 어? 담배 꺼내네! 아니 이빨에 담배
를? 담배를 벌어진 앞니에 끼우고 불을 붙였슈.
되나 저게? (이 사이로 연기를 뿜는다) 후…. 흑
흑흑. 나는 여 올 띠 탄식 말고 내 입으로 뿜어
본 게 하나 없슈. 더더군다나 인체에 유해헌 물
질이 가득헌 담배 연기는.

염라대왕   엑스레이 가져와!

방사선과 직원. 엑스레이 가져온다. '찰칵' 추천석의 폐를
찍는다.

방사선과 직원(결과 보며) 세상에나 깨끗해요!

저승사슴   형님. 그럼 우리가 잘못 데려오기라도….

저승사자   쉿!

추천석　　　지는 평생 진천 땅을 벗어나 본 적이 읎습니다.
단 한 번도유. (훌쩍) 날 따스히 깨우는 아침 햇
빛, 청쾌한 공기, 천혜의 논, 그 땅에서 자란 벼.
기름진 쌀. 전립선 회복에 좋은 또랑 물소리,
피래미들, 빠가살이, 기름 챙이. 진천은유. 엄
니 품 이유. 조건 없이 나를 다 받아 주는 곳 이
라구유. 근디 내가 왜 여기를 떠나 저 영삼 속
사람이 있는 혼탁한 곳이 가서 살겄슈? 아니유.
저 이가 나랑 비젓할지언정 저건 분명 내가 아
니유. 아, 아닌걸. 내가!

사이.

염라대왕　　　잠시 정회.

염라대왕. 저승 형제들을 부른다.

염라대왕　　　뭐니, 이 상황? 진천이래잖어. 진천. 천석 씨가
한 번도 안 떠났댜. 진천이를. 이 놈덜아!

천둥과 번개. 모두 무릎을 꿇는다.

염라대왕　내 묻는다. 사자, 사슴, 사과.

저승 형제들　네. 대왕마마!

염라대왕　어딘가? 어디서 이 영혼을 데려왔는고?

저승 형제들　주저주저.

염라대왕　이실직고 안 하면 귀휴고 나발이고 영원히 현장 근무다.

남자 자매　하하하하.

염라대왕　내 마지막으로 묻는다. 이 영혼을 어디서 데려왔는고?

저승 형제들　진천이옵니다. 충청 땅, 진천이옵니다.

염라대왕　뭐라? 이런 제기랄 놈들!(세 명의 따귀를 때린다) 생과 사의 오류가 있을 시 세금천이 마르고 농다리가 운다는 것을 그대들은 몰랐던가? 그러면 저승과 이승의 길은 끊기고 이승의 망령들은 구천을 떠도느니라. 이 일을 어찌할고~!

저승 형제들　통촉하여 주옵소서.

추천석　아이고, 아이고. 염라대왕님. 지 좀 살려 줘유. 내 처자식 나 읎이 못 사오니 지발 나 좀 집이루

돌려보내 주시오.

염라대왕　내 나라 운영을 소홀히 한 탓에 대신들이 실수
　　　　　했네. 한날한시에 태어났다는 이유로 용인 사
　　　　　는 추천석이 아닌 진천 사는 추천석을 데려오
　　　　　다니. 시간이 없다. 후회는 이승 문이 닫히길
　　　　　바라는 기도.

구렁이 우는 소리.

남자 자매　끼야악! 불길한 징조다! 염라여! 농다리가 울어
　　　　　요. 세금천이 말라요!

염라대왕　사공을 불러라. 어서 이 천석 씨의 혼을 원육신
　　　　　(元肉身)에 돌려 놔라. 세금천이 마른다. 농다
　　　　　리가 운다! 속히 배를 띄워라!

일그러진 대취타. 플래시 백.

3장

묘. 자신의 묘를 바라보고 있는 추천석. 무너진다.

진천이 추천하는 진천 추천 연극 진천 사는 추천석

추천석　　아이고…. 늦었구나…. 벌써 내 묘를….

(v.o) "아부지~ 아부지~."

암전.

4장

과거.

(v.o) "아부지~ 아부지~."조명 밝아지면 여전히 무너진 채
머물러 있는 추천석.

딸　　　아. 아부지. 몇 번을 불렀는디 대답을 안햐. 시
　　　　방 들었으매 부러 그러는 거예유. 아니면 내 목
　　　　청 득음시켜 소리꾼 만들라는 심산이유? 아, 아
　　　　부지이~.

추천석　　아이고~ 우리 딸.

딸　　　얼씨구! (넓은 논 바라보며) 시상에. 논매기를
　　　　이만치나 한규. 혼자?

추천석	대간헌 줄도 몰렀어.
딸	아이고. 참 허리 나갔겄네.
추천석	알면 좀 와서 돕지 그렸어.
딸	소똥 치느라 나두 뒤지겄슈. 씨부랄.
추천석	뭐?

딸, 추천석 함께 웃는다.

추천석	딸아. 눈을 멀리 둬 봐라. 구름 닿은 저어~ 지평선부텀 아부지 발톱 밑, 이 시작선까정 다 우리 논이 될 것이니라. 원젠가는. 이쁘지?
딸	아부지두 차암. 논이 논이지 이쁜 논이 따로 있나 워디?
추천석	거 참 희한허네. 아부지 눈이만 그렇게 보이능가? 딴 집 논일진정, 내 손 탄 논이라 그런지 판이허게 달른디.
딸	원래 지 자식은 두꺼비라도 이쁜 법이유.
추천석	(딸의 얼굴을 보며) …그치.
딸	뭐 허는 짓이유. 시방?
추천석	눈 좀 감거라.

딸   에?

추천석   감어 보라니께. 참말로.

눈을 감는 딸.

추천석   들리느냐?

딸   무섭게 자꾸 왜 그려? 이명 있간?

추천석   시방, 논이 말 허잖여. '갈아 줘서 고마워유. 풀 뽑아 주고 벌레 잡어 줘서 고마워유. 나 이쁘게 가꿔 줘서 참말로 고맙구먼유.'

딸   깔깔깔. 참 내.

추천석   '내일은 내 미꾸라지덜 뭉쳐 있는 디 갈켜 줄팅게, 잡어다 식구덜이랑 추어탕 끓여 잡숴유.'

딸   '그리구 아저씨. 엄니가 밥 다 차렸대유. 문상객 읎는 초상집마냥 국 다 식고 있으니께 빨리 오래유. 작살 나기 전에 얼른 가는 게 아저씨 신상에 좋을 거 같어유~.'(눈 뜨고) 이 소리는 안 들려유. 아부지?

추천석   이? 하하하. 들렸다. 들렸어. 엄니헌티 혼구녕 나기 전이 얼른 가자! 뛰자, 딸아!

딸   깔깔깔. 아, 아부지! 같이 가유~.

4-1장

추천석의 집. 밤. 방.

부인   잠시다.

추천석   갑자기?

추천석, 촛불을 '후'. 불이 다시 살아나 엄지와 검지에 침을
묻혀 촛불을 집어 끄는데.

추천석   뜨거.

부인   (손 잡아 주며) 갠찮유?

추천석   아이고. 뱉거 아녀.

부인   (손을 훑어 만지며) 아휴. 이 손 봐. 다 갈라져 바
          스러지겠네.

추천석   왜 그려….

부인   아휴. 이 손꾸락 봐. 억센 잡초가 다 할퀴었네.

추천석   임자가 그런 겨.

부인   손톱 밑 낀 흙 때는 씻어두 빼내두 사는 듯 배겨
          있구먼. 바꼈구먼. 젊을 띠 넘에 집 품일로 상

진천이 추천하는 진천 추천 연극 진천 사는 추천석

해 버린 이 손이랑 저 논이랑. (훌쩍인다)

추천석 우는가?

부인 ….

추천석 우는가?

어두워, 부인은 추천석의 손을 얼굴에 대어 주고 끄덕이
는 고개를 느끼게 해 준다.

추천석 이 손은 자랑스런 훈장이요. 손톱 밑 때는 베겨
     있는 추억이네.

우는 부인. 추천석 안아 준다.

추천석 여보. 내 재미난 얘기 해 줄까? 우리 닭 안 키워
     두 되겄어. 집이 오는 길이 우리 딸 다리통 보
     니께 뜀박질헐 때마덤 뽈록뽈록 알이 베기는디
     겨란이 뚝뚝 떨어져. 그즛말 쪼끔 보태서 뭐 거
     의 타조알만 햐.

딸 (바깥에서) 요새 그런 말허믄 클라유.

부인 듣는 디선 얘기허지 마. 예민한 시대여.

추천석	쉿. 낄낄낄.
부인	(방백) 천지 워디 이런 이가 있을까?
추천석	나는 내일이 기대가 되네. 저 논이서 진천 제일 가는 쌀이 나올 텐디. 그 좋은 쌀 우리 식구덜 먹고 남은 거 팔어서 자네 신(발) 하나 사 줄라네. 그 신 신고 우리 소풍 가세. 가서 다래도 따먹고 오디로 입술도 이쁘게 칠해 보세. 고생했어, 자네. 딸 키우느라. 내 넘의 집 품일 하러 나가믄 나오지도 않는 빈젖 물리느라 월매나 아팠는가? 나, 봤네. 자네가 이 깨물매 가슴 주물르는 거. 당신이 다 키운 거여. 자네 살점 멕여 가매. 우리 빌어 보세. 둥그런 보름달 앞이다 잘 지은 쌀밥 놓구, 열일곱 우리 딸 지 좋은 사람 만나 혼례허게 해 달라구.

잠든 부인.

추천석	오늘은 잠이 안 오는 밤이구먼. 내일은 내 미꾸리 잡아 옴세. 가마솥이다가 겨우내 말린 시레기 넣고 푹 고아서 우리 식구덜 보양허세. 월매

나 잡힐라나…. 한 마리… 두 마리… 다섯 마
리… 열 마리… 백 마리… 이백…삼…. (스르륵,
잠에 드는 추천석)

사공. 뗏목 타고 등장. 비좁은 방으로 들어오며.

사공　　삼백…사백…오백 마리.

추천석　(흐릿한 눈으로) …누구요.

사공　　한 오백 마리면 되겠는가? 그거면 식구덜 한 계
　　　　절 보양은 되겠는가?

추천석　누…누군디 여 들어와 있는 거여. 시방.

사공　　사공이네. 자네 저승 데려다줄.

추천석　대체 뭔 소리요. 내가 뭐이를 잘못혔다구 벌써
　　　　저승이를…. (도망가려다 잡힌다) 이보오, 영감.
　　　　그러지 맙시다. 인자서야 발 좀 뻗고 사나 혔는
　　　　디 너무 잔인헌 처사 아니요?

사공　　나도 심부름꾼인걸. 자 타게나. 이 배 타고 휘
　　　　이~ 가 보세.

추천석　휘이는 무슨. 뻐꾹이 쫓는 소리랑가? 난 죽어도
　　　　못 가니 그 배 타고 썩 꺼지시오!

사공   자네는 지금 저승 말고 갈 데가 없어. (버럭) 그
         럼 구천을 떠돌 텐가? 한기 서린 이 이승과 저
         승 사이에서?

눈이 내린다.

부인   여보…, 여보. 눈 떠 봐요. 아니, 이 사람이 왜
         이려. 여보. 여보. 여보오!
추천석   임자!
딸   (방으로 들어와) 아부지!
추천석   (떨며) 아이고 임자. 딸아. 아니 내 방금 미꾸리
         세다가 잠들었거늘 이놈에 영감이 별안간 방에
         들어와 있지 뭐요? 임자는 인기척도 못 들었능
         가? 워쳐케 이 영감탱이가….
부인   시상에…. 아이고….
추천석   임자 내 말 안 들리는 거요?
부인   **워찌 이리 창백허나. 입은 굳어 엄동설한.**
         소풍도 필요 없고 새 신도 필요 없소.
         워찌 사나 워찌 사나. 나도 따라 가런다아~.
딸   엄니….

추천석   여보!

딸   오늘 미꾸리 잡어 준다 했잖아유. 어서 인나 약속 지키래니께.

추천석   너 헌티 해 줄 얘기 많은디. 가르쳐 줄 게 많은디. 이리 되았네. 내가 뭐이를 잘못혀서…. 영감. 영감. 갈 때 가더라도 지금은 안 되오. 이 뱃머리 돌려 딴 집부텀 가 주오. 내 이리 빌 테니 작별인사나 헐 수 있게 조금만 시간을 주시오.

사공   (고개를 젓는다) 세금천 거슬러 농다리까지 가려면….

추천석   세금천은 장수들이 칼 씻던 곳이요. 농다리는 효심 깊은 딸이 친정아비 죽었다고 건넜던 곳인디 워찌 거기를 저승길로 쓴단 말이오.

사공   그건 이승의 정설. 자네는 이제 저승 사람이니 저승의 정설을 듣게나.

추천석   아이고, 아이고. 나 억울해서 못 가네. 나는 못 가네

여보오 마누라. 지키지 못헐 약속 미안허네. 소풍은 저승이서 만나 가세. 딸아. 시집보낸 애비 마음 이토록 허무한가.

좋은 가문 시집보내, 이쁜 손주 보나 했네.

나는 이제 황천길로 가는구나.

추천석. 배에 오르고 사공은 노를 젓는다.

딸   아이고. 아부지.

부인   (오열하며) **아아아악. 그때 당신 온 거 나 알었**
        네. 빈 젖 물리는 내 뒤서 마른 입술 깨물었지.
        당신 속 상헐까 '악' 소리도 못 냈는디. 인자는
        못 참겠네. (답답한 듯 가슴을 친다) 누가 사람
        목숨이 풍전등화라 했는가? 못 믿겠네. 나는 안
        믿을라네. 아이고 나 허하네.

사공   **흘러간 물길 짚어 본들 흐르는 물길 어쩌리오.**
        탄식은 (후) 날숨에 (하). 인연은 (후) 신기루 (하).
        가 보세. 가 보세. 저승 다리 가 보세.
        세금천 거슬러 속히 건너세.

쌓이지도 못할 눈이 내린다. 떠나는 뗏목 위 추천석. 뒤돌
아본다. (1장 연결)

암전.

5장, 3장 연결

묘. 자신의 묘를 바라보고 있는 추천석. 무너진다.

추천석　　아이고 늦었구나…. 벌써 내 묘를….

암전.

6장

염라국. 염라대왕, 저승사자, 저승사슴.

저승사자　　사과는 나가.

저승사과. 방향을 틀어 나간다.

염라대왕　뭔데? 분위기 왜 이래. 살벌하게.
저승사자　저, 대왕님 보고 드리겠습니다.

염라대왕 무슨 보고. 맹진사 건은 지 스스로 망할 테니….

저승사자 그냥 제끼라고 이미 하명(下命)하셨습니다.

염라대왕 근데?

저승사자 …추천석.

염라대왕 돌려보내랬잖아.

저승사자 하오나….

저승사슴 가 봤으나 이미 하관식까지 마치고 묘를 다 써 놓은 터라 원육신으로 다시 들여보낼 수 없었습니다.

저승사자 송구하옵니다. 대왕마마.

염라대왕 후… 돌겠네. (밖에다) 여기 뭐 시원한 것 좀 갖다줘. 난 맥주, 차가운 거. 당신들도 뭣 좀 하지? (맥주를 가져오는 남자 자매)

사자, 사슴 아…아닙니다.

염라대왕 (따르며) 맥주를 뭘로 만드는 줄 알아?

사자, 사슴 ….

염라대왕 몰트, 보리 말하는 거야. 보리. 그다음에 홉. 균 잡아 주는 거. 미생물 뭐 그런 거. 그다음에 효모. 유산균. 보리를 발효시켜야 되니까. 이따 마실 막걸리에 들어가는 누룩, 뭐 그런 거. 그다

음에 하나 남았는데 뭘까? 제일 중요한 거. 응?

원 샷.

염라대왕 키야! 꺼억! 물이야. 물. 어떤 물을 사용하느
냐, 미네랄 함량이 얼마나 높으냐에 따라서 맥
주의 맛과 가격이 달라지는 거야. 이거, 맛만
좀 봐 봐.

따라 주며.

염라대왕 아저씨들. 마셔 봐. (사이) 아, 들어. 괜찮으니까.

축여 보고는 인상을 찌푸리는 저승사자, 사슴.

염라대왕 맛이 좀 그렇지? 응? 왤까? 내가 제일 중요한 게
뭐라고 했지? 물, 물. 근데 이게 나쁜 물로 만든
걸까? 아니야. 초정리에서 떠 온 물이야. 광천
수. 근데 아저씨들 입맛에는 왜 안 맞을까? 응?
아직도 이해가 안 돼? (짧은 사이) 아저씨들 입

맛이 똥이라 그래. 똥이라. 좋은 걸 마셔 봤어야 알지. 맨날 고만고만한 거나 처마시니 이 맛을 알겠어? 뭔 얘긴지 이해가 안 돼? 분수에 맞게 살라고 분수에 맞게. 일이나 해. 귀휴 타령하지 말고. 이승 가서 살 생각에 들떠서 여기 아사리판 만들지 마시고 일이나 똑바로 하시라고. 주제도 모르고. 해결해라. 맥주병에 가둬서 뚜껑으로 막아 버리기 전에.

염라대왕 퇴장하려 한다.

남자 자매   명금일하~.
염라대왕   시끄러!

염라대왕 퇴장. 저승사과 슬쩍 들어온다.

저승사슴   깜짝야.
저승사과   미안. 다 들었어, 형들.
저승사슴   이러다 귀휴고 나발이고 다 나가리 되게 생겼네.
저승사자   흠….

저승사슴   거 흠흠거리지만 말고 좋은 생각 좀 내 봐요,
         형님.

저승사자   흠….

저승사슴   아, 형님 인상 좀 풀어. 사백 년 뒤에 또 공고 뜨
         니까 그때 가서 다시 지원서 씁시다.

저승사자   첨부서류가 얼마나 많은데….

저승사과   얘기 중에 미안한데….

저승사슴   미안미안거리지 말고 나가라고. 좀.

저승사과   아니, 뭐 나는 일단 용인 사는 추천석을 얼른 데
         려오고 그 몸에 진천 추천석을 넣으면 그런대
         로 급한 불은 끄는 거 아닌가 싶…. 아니야. 미
         안해요. 형들. 내가 형님들 이야기 나누는데 괜
         히 끼어들어….

저승사자   뭐라고?

저승사슴   들어감마. 얼른!

저승사자   그러니까 원래 데리고 오려고 했던 용인 사는
         추천석을 데려오고 그 몸 안에 진천 사는 추천
         석이 들어간다?

저승사슴   그럼….

저승사자   그렇다면 용인 사는 추천석은 저승으로 진천

사는 추천석은 이승으로.

저승사슴   얼씨구.

저승사자   그렇다. 이게 이 난제의 해답! 정상적인 방법은
아니나 소기의 목적을 달성할 수 있는 해법. 사
과야. 이거다.

저승사과   (저승사슴의 어깨를 두르며) 허허허.

저승사자   아아아~ '맥. 물. 통. 쾌'라!

사슴, 사과   맥. 물. 통. 쾌?

저승사자   맥주의 맛을 좌우하는 물의 이치를 통해 난제
가 통쾌하게 풀렸다는 뜻이다.

저승사과   있는 말이에요?

저승사자   축배를 들자.

맥주를 잔에 따른다.

저승사자   맥. 물. 통. 쾌!

사슴, 사과   맥. 물. 통. 쾌!

일동 건배하고 꿀꺽꿀꺽.

진천이 추천하는 진천 추천 연극 진천 사는 추천석

일동　　(입맛에 맞는 척) '하잇-ㅌ.', '키아-ㅅ.', '테-라.'

저승사슴　자, 그럼 사공을….

저승사자　아니다. 절차 생략하고 우리가 직접 가자.

사슴, 사과　그렇지. 시간이 없으니.

저승사자　얼씨구!

저승사자　가자, 용인으로!

사슴, 사과　가자 용인으로!

홍쾌한 음악.

7장

용인. 어느 남루한 집. 용인 추천석과 서민 아빠.

용인 추천석　자, 요 집이 마지막으로 보실 집인데. 이야~ 이
　　　　　거. 이거는 먼저 집들이랑은 다르게 싹 다 수리
　　　　　했네. 부뚜막도 새 흙 발라 깨진 곳 없이 다 보
　　　　　수해 놨고 특히 이 마당 봐 봐요. 마당. 주인이
　　　　　돌을 얼마나 골라냈는지 자갈 하나 없어요. 자
　　　　　갈 하나가.

서민 아빠　여긴 도로 아닙니까요.

용인 추천석　서민이가 한창 뛰어 놀 나이인데 돌팍에 넘어
　　　　　　　져서 이마 찢고 그러면 막 피나고…. 어휴. 놀
　　　　　　　래서 경기하고 그래 봐. 약값이 엄청 든다구.
　　　　　　　이 나무하며….

서민 아빠　이건 가로수 아닙니까요.

용인 추천석　주인이 조경을 잘해 놨네. 하긴 평생 살라고 지
　　　　　　　은 집이니까 신경 쓰는 거는 당연하지. 조경은
　　　　　　　품위니까.

아이처럼 기뻐하는 서민이 아빠. 계속 후리는 용인 추천석.

용인 추천석　여기 위치 자체가 또 엄청나요 엄청나. 교육적
　　　　　　　입지로 따지면 서당까지 오십 보 (학생: 하늘 천
　　　　　　　따 지), 안전으로 따지면 관가가 백 보 안쪽이
　　　　　　　라 도적 걱정 없지. 포졸들이 바로 달려오니까.
　　　　　　　(포졸: 게 섰거라!) 대형 시장이 바로 뒷길에 있
　　　　　　　는데 모든 업종이 한데 모여 있어. (시장의 박수
　　　　　　　소리) 그리고 자기, 고개 넘어 독고 대감 댁으로
　　　　　　　일 나가잖어. 한 8리쯤 되니까 한 자정쯤 출발

하면 뭐 아침 전에는 도착하지. 가까워.

서민 아빠 잠은 자지 말라는 것입죠?

용인 추천석 원래 직장이랑 집은 멀수록 좋은 거야. 가까워 봐. 맨날 사람들 집에 놀러온다, 어쩐다, 거절도 못 하고 술판이나 벌리고, 물리적 거리는 심리적 거리라고. 가까우면 생활이 망가져.

서민 아빠 전 왕따라….

용인 추천석 서민이 아빠. 이 집 안 하면 바보야, 바보. 숲세권에 교육 좋아. 안전해. 대형 시장 있어. 직장 멀어. 이 집 가지고 고민하는 자체가 고민이야. 이 집 본다고 세 집이나 밀려 있어요. 당장 계약금이라도 안 걸어 놓으면 금방 나가 이거. (창문을 열며) 맞바람도 치네.

골목에서 아까 달리던 포졸이 범인을 검거한다.

포졸 이 새끼. 사람을 토막 내? 아무리 이 동네가 쓰레기 같은 동네라지만, 시신이 벌써 30구째야, 30구!'

범인 놔! 놓으라구….

포졸, 범인 개새끼야!

급하게 문을 닫는 용인 추천석.

서민 아빠 이 집이 …500냥이라고 했습죠?

용인 추천석 뭐? 아니 상식적으로 생각을 해야지 사람아. 지금 사는 데도 500냥이면서 이게 같은 끕이야 어디? 세 개. 큰 거.

서민 아빠 3…3000냥이요?

용인 추천석 뭘 놀래 놀래기는. 손해 보면서 파는 거야. 급매라. 것두 주인이 3500냥으로 내 놓으라고 한 거 내가 사바사바해서 500냥 내려놓은 거야. 쉿.

서민 아빠 저희 형편에 맞지 않습니다요. 독고 대감님에게 500냥 가불 받아도 기껏해야 1000냥인데…. 3…. 3000냥이라니….

용인 추천석 아니, 가장이 무슨 그렇게 약한 소리를 해. 가장은 집안의 허리야 허리. 가장이 무너지면 가정이 불안해지는 거야. 가족을 위한다면 어떻게 해서든지 돈을 만들어 내야지. 어찌 그리 자신 없는 소리를 하나? 훔쳐서라도 쟁취해!

서민 아빠 저는 그런 사람 아닙니다요. 어릴 적부터 부모님
왈 굶더라도 남의 것에는 절대 손대지 말라….

용인 추천석 에이 씨. 내 빌려줄게. 2000냥.

서민 아빠 예? 2…2000냥을 말입니까요?

용인 추천석 내 서민이 아빠를 믿으니까 그런 거요. 믿으니
까. 이자도 싸게 쳐서 계산하기 쉽게 한 달 이
자는 100냥. 어디서 한 달에 100냥 내고 이런
집에 살겠어?

서민 아빠 독고 대감댁에서 한 달 일 해 봐야 120냥 버는
데 이자로 100냥을 내면 식구들 생활은 어쩌고
서민이 서당은 뭘로 보낸단 말입니까요?

용인 추천석 이런 답답. 지금 당장 생활 조금 쪼인다고 뭐
죽어? 한 5년만 이 집 붙들고 있으면 몇 배는 올
라가는데? 부동산밖에 대안이 없어요. 이 나라
는. 영혼까지 끌어모아 이 매물을 잡아!

서민 아빠 5…5년이라….

한 켠. 집주인 등장.

집주인 아니, 그래서 언제 계약한다는데?

용인 추천석 생각해 보고 빠르면 내일이라도 얘기해 주기로
했으니까 기다리면 기별이 있겠지요.

집주인 아니, 나도 저쪽 집 계약해 놔서 날짜 맞춰야
하는데…. 이거 딴 집주름[1]한테 얘기를 해야
하나?

용인 추천석 하루만 더 기다리면 되는 걸 참. 그리고 제 지
혜로운 처사로 사장님 저쪽 집 가실 때 이사비
용 쪼로 쪼금 더 받을 수 있게끔 조치를 해 놓
았습니다요. 아니 요즘 같은 불경기에 이사 비
용도 만만치 않은데 그게 어딥니까? 딴 집주름
한테 가 보신들 저처럼 이 정도로 신경 쓰는 집
주름이 있습니까요? 그저 수수료나 더 챙겨 먹
으려고나 하지? 넉넉히 받아 드릴 테니 이사 후
차액으로 새 집 장만 기념으로 가족들과 소고
기라도….

집주인 (헛기침) 에헴.

용인 추천석 그러니 하루만 딱 하루만.

집주인 그럼 내일 점심때 지나 오시쯤 해서 다시 오
겠네.

---

1) 부동산 중개인.

용인 추천석 아이고. 번거로이 그러지 마시고 저를 대리인
으로 지정해 주시면 계약부터 잔금까지 한 번
에 처리해서 찾아뵙겠습니다요. 번거롭게 또
오실 필요가 있습니까요?

집주인 흠…. 안 그래도 저쪽 집 '실내 꾸미기' 문제로
골 아픈 일 많은데 잘 되었구먼. 알았네. 내 자
네를 믿으니 잘 처리해 주게.

용인 추천석 (서류를 꺼내며) 아이고, 그럼요. 깔끔히 처리하
여 기별 올리겠습니다요. 저기, 서명을….

집주인 지장 찍고 퇴장.

용인 추천석 이 껀. 반드시 성사시켜야 된다. 한파인 부동산
시장에 이런 껀수 얼마만인가. 자, 실수 없도록
다시 정리해 보자. 1000냥짜리 집을 3000냥에
판다. 좋아. 집주인한테 1000냥 주고 내가 2000
냥 먹는다. 좋아. 그 받은 2000냥은 내가 서민
이 아빠에게 빌려준 돈이다. 그러니 사실 나는
내 돈을 쓴 적이 없는 것이다. 헷갈린다. 구체
적으로. 좋아. 원금이 회수된 것이다. 원금? 나

는 서민이 아빠에게 2000냥을 빌려줬다. 그 후, 1000냥짜리 집을 3000냥에 팔았고, 집주인에게 1000냥 주고, 내가 2000냥 먹은 것이니, 나는 보태기 덜어내기 0이니까 나는 내 돈을 쓴 적이 없지. 즉 원금이라는 것은 애초에 없었던 것이다. 좋아. 맞지? 어어. 그런데 서민이 아빠는 다달이 이자 100냥씩을 내게 준다. 왜? 나의 이 계략을 서민이 아빠는 모르기 때문이다. 좋아. (느닷없이 외치며) 하늘이시여. 진정 이게 제 머리에서 나온 거란 말입니까. 이제 저도 한양 가서 대궐집 짓고 삽니다. (운다) 한잔하러 가자!

서민 아빠 등장.

서민 아빠 헉헉. 집주릅님. 집주릅님.

용인 추천석 아이고, 서민이 아베. 오시었소. 어떻게 생각은 해 본 거요?

서민 아빠 계약하십죠.

용인 추천석 세상에. 지혜로워라, 지혜로워. 어찌 그렇게 현

명하신가? 분명 복은 복대로 돈은 돈대로 몇 곱
절로 돌아올 거요. 잘 생각하시었소.

서민 아빠　집주인은 언제 오신답니까요?

용인 추천석　집주인이 매우 바쁘신 탓에 나에게 모든 걸 일
임하셨소. (서류 보여 주며) 여기 대리인 증서.
꼼꼼히 확인을.

서민 아빠　저는 봐도 모릅죠. 역시 집주름님은 믿음과 신
뢰를 주는 참집주름님입니다요.

용인 추천석　아니오. 그런 말 마시오. 나 부끄럽소. 허나 분
명히 약속하리이다. 이제부터 나는 어려운 환
경에 처한 서민들을 돕는 해비타트가 되도록
노력할 것이오.

서민 아빠　(고개 끄덕인다) 내 힘 미약하나 주변에 많이 소
문냅죠.

용인 추천석　(고개 끄덕이며) 자, 찍읍시다.

서민 아빠　예. 집 계약서랑 집주름님에게 돈을 빌린다는
증서도 함께 주십죠.

용인 추천석. 계약서와 붓을 꺼낸다.

용인 추천석 자 이쪽, 이쪽!

서민 아빠 붓을 받더니 손바닥에 칠하기 시작한다.
서민 아빠. 먹물로 빈틈없이 칠한 손바닥으로 용인 추천
석의 따귀를 때린다.

용인 추천석 뭐 하는 거요 지금! 서민이 아빠 미쳤어?

서민 아빠 좋아? 이렇게 살면 좋아? 손등 갈라지게 남에
집 품일로 번 돈 싹 뺏겨 먹으면 좋아?

용인 추천석 서…서민이 아빠. 왜…왜 이러는 거야 대체….

집주인 요놈아. 저승 가자. 염라대왕이 형벌을 내릴
것이다. 잿더미 위에 앉아 기왓장으로 영원히
피가 터지도록 긁거라. 시간 없다. 막내야!

저승사과 등장.

저승사과 (체포하며) 미안합니다. 갑자기 데려가서 미안
합니다.

집주인 사과야. 저승의 문을 열어라!

저승의 문이 열리고, 용인 추천석은 비명을 지른다.

암전.

8장

염라국. 염라와 진천 사는 추천석.
테니스를 치고 있다. 박빙이다.

염라대왕　생(死)!

추천석　사(死)!

염라대왕　생(生)!

추천석　사(死)! 헉헉. 아니 염 형. 거 참! 이렇게 구탱이
　　　　에다가 아슬아슬허게 찔르는 게 워딨슈. 이건
　　　　팔이 여럿 달린 사바신두 못 받어유.

염라대왕　헉헉. 아이고, 천석이. 그래도 이제 제법이네.
　　　　많이 늘었어. 단기간에.

추천석　헉헉. 염 형. 이게 다 염 형께서 잘 지도해 준 덕
　　　　분이쥬, 뭐.

염라대왕　아니야. 그보다 천석이가 우리가 저지른 실수

에도 굳건히 믿어 주고 또 이렇게 참을성 있게
기다려 주고… 신뢰해 줘서 고마워.

추천석 것 말고는 지가 뭘 헐 수 있겠어유. 시작도 염
형이 했으니 해결도 염 형이 해 줄 거라고 믿는
건 당연지사지유.

염라대왕 이 사람! 그리 겸손하니 테니스를 빨리 배울 수
밖에.

추천석, 염라 하하하.

남자 자매. 시원한 샴페인 갖다 준다. 두 사람 땀 닦으며.

추천석 염 형, 거기 앉아 좀 쉬어요.

두 사람 앉는다.

염라대왕 그 뭐라고 하지? 천석이 고향 말로 말이야.

추천석 워떤…?

염라대왕 힘들다는 말. 참으로 힘들 때 하는 어떤 특정화
된 독특한 문장이 있던데.

추천석 음…. 죽었다?

염라대왕　　아니야. 것보다는 더 은유적인….

추천석　　　스읍…음…. 생각이 안 나서 대간헌디유….

염라대왕　　그거야. 대…대감 뭐?

추천석　　　간. 간.

염라대왕　　간?

추천석　　　에. 대간. 간. 대간허다.

염라대왕　　아아. 맞네, 맞어. 그거야. 대간허다. 맞다. 대
　　　　　　간허다.

추천석　　　염 형. 오늘 너무 대간헌겨? 무리했슈?

염라대왕　　아니. 나 말고. 천석이.

음악.

염라대왕　　천석이 대간헌가?

추천석　　　….

염라대왕　　기다리기 대간허지?

추천석　　　(흐느끼며) …예.

염라대왕　　…많이 대간헌가?

추천석　　　…많이 대간해유.

염라대왕　　많이 대간허다는 건 뭔가?

추천석   죽도록 힘든 거라니께유.

염라대왕   아니 죽도록 힘든 그 느낌 말야. 말해 줘. 난 사
          람이 아니잖는가.

추천석   (고개 끄덕인다)

염라대왕   알고 싶어.

추천석   (생각하다) 아침에 일 가야 허는디 동틀 때까정
          잠 못 잘 때….

염라대왕   아아…. 그거 피곤할 것 같아.

추천석   못 가 보는 고향. 아랫말 충택이랑 막걸리도 한
          잔해야 허는디. 우리 다롱이는 새끼 잘 놓았는
          지…. 부모님 산소 가서 벌초할 때두 되얏구….
          (운다) 염 형. 우리 아내 발이 엄청이 작어유. 그
          작은 발 발꾸락을 이렇게 웅크리고 댕겨유. 그러
          니 자꾸 쩔뚝쩔뚝 댄단 말이예유. 깨 심는다고
          애 들쳐 업고 컴컴헌디서 밭 갈다 호미로 새끼
          발꾸락을 찍었슈. 그래서 우리 아내 발 발꾸락은
          아홉 개유. 하나는 내 가슴이 백혀서 백혀서….
          그 발에 신겨 줄 신 하나 사 주구 싶었는디….

염라대왕   이제 알겠어…. 이미 곁에 있는 것들을 잊는다
          는 것. 즉 일상이 사라지는 것이 그리 죽도록

힘든 것이구만. 가족, 흙, 충택이, 다롱이, 벌초,
자네 부인 새끼 발꾸락 그리고… 자네 대간해
보이네.

추천석   흑흑흑.

염라대왕   하지만 부럽네.

추천석   (바라본다)

염라대왕   가슴 아파할 수 있는 사람. 사람인 자네가 부러워.

추천석   흑흑흑.

염라대왕   (일어나며) 이래서 반드시 테니스여야만 하는
거야! 치고 받는 공 사이로 타인에 대한 이해가
발현되니 말이야.

꽹음이 울리며 저승 문이 열린다.

저승사자   사과야. 저승의 문을 열어라!

저승의 문이 열리고 저승 형제와 용인 추천석이 저승으로
들어온다.

염라대왕   이 자인가? 이 자가 용인 사는 추천석인가?

저승사슴 분명 그러하옵니다. 이 자가 그자이옵니다.

저승사자 염라대왕이시여. 말씀 중에 송구하오나. 용인 쪽 저승 문이 열렸으니 서두르는 게 좋을 듯하옵니다. 진천 사는 추천석의 육신이 장사되어 되돌리지 못했듯, 용인 추천석의 시신도 땅에 묻히면 되돌릴 수 없사옵니다.

염라대왕 자, 서두르자 우리의 과오를 바로 잡을 수 있는 마지막 기회. (진천 추천석에게) 천석이. 우리의 과오를 용서하게 그리고 인사는 꿈속에서. 자, 서두르게. 천석이. 어서!

추천석 아니, 이렇게 갑작스레….

저승사과 갑작스러워 미안합니다.

염라대왕 자! 이제 일상으로 돌아가라. 그리고 삶을 만끽하라.

　　　　　이제는 대간하지 말기를!

암전.

9장

용인.

깜깜한 관 속. 밖에서 상여 소리가 들린다.

용인 추천석의 아내와 아들의 울음소리가 들리면 조명 밝아진다.

일동　　**어~허 어~허.**

장례 행렬.

추천석　　(관 속에서) 나 환장하겠네, 진짜. 열어 줘유 뚜껑 좀. 지발. 아이고 깜깜햐. 나 살았어. 살어 있대니께. 이 씨부랄.

앞 상여꾼　　어? 뭐여? 관이서 뭔 소리 안 들렸나?

뒤 상여꾼　　뭔 소리? 술을 엥간이 처먹으야지. 환청 들려?

용인 부인　　아이고. 아이고. 여보. 억울해서 못 가네. 내 남편 억울해서 못 가네. 마지막으로 한 건만 하고, 한양 가서 집 짓고 살자고 그리 호언장담했건만 어찌 이리 별안간 떠난단 말이오. 나 언제

한양 가서 살아 보나.

아들 아버지. 나 이제 어떻게요. 장가갈 때도 되고 돈 들어갈 데가 한두 군데도 아닌데 이렇게 떠나시면 어떻게 해요. 아버지….

앞 상여꾼 뒤서 잘 받치고 따라와야지. 나 참. 관 안에서 송장 흔들리는 소린가 보구만.

뒤 상여꾼 앞서서 쪼끔 찬찬히 가야지. 그렇게 빨리 가면 뒤서 어떻게 따라가. 송장 흔들리는 게 어떻게 뒷사람 탓이여?

아들 어르신들 그만 좀 하세요. 장지까지 갈려면 서둘러야 합니다.

용인 부인 여기 노잣돈이요. 이거 받고 얼른 가십시다.

뒤 상여꾼 너 어제 투전판에서 돈 잃었다고 어깃장 놓는 거짐 마.

앞 상여꾼 뭐? 너 일로 와 이 새끼야. 너 이 새끼 화투패 하나 엉덩이 밑에 깔고 친 거 내 모르는 줄 알어? 말을 안 하니까 새끼가. 눈 감아 줬다고 개평을 넉넉히 준 것도 아니고 너 일로 와. 이 새끼야!

뒤 상여꾼 어떻게 가. 이 새끼야. 상여 들고 있는데. 올 거

면 니가 와. 이 새꺄.

앞 상여꾼   이 새끼 봐라. 이거 너 가만있어. 이 새끼.

용인 부인   아, 왜들이래요. 우리 남편 멀미나겠네.

아들   아저씨들 제발 그만하세요. 싸우지들 말라구요.

뒤 상여꾼   저 새끼 오늘 사단 낸다, 저거. 야. 불 꺼!

암전.

일동   이 개새…. 미친…. 씨양…봐. 이 새끼야…. 어
~허 어~허. 어어어어~~~. 아이고. 어어어!!!!!!
아아안 ~돼에에에!!!

조명 밝아지면 상여는 나자빠졌고 열린 관 뚜껑 밖으로
소렴되어 있는 송장이 나와 꿈틀대고 있다. 일동 놀라,

아들   …아…아버지….

용인 부인   여…여보.

꿈틀대는 시신.

아들   (사람들에게) 아…아버지가 꿈틀대요.

일동, 계속 송장을 주시한다.

용인 부인   송장이 꿈틀대는 경우도 종종 있나요?
뒤 상여꾼   저승이라도 갔다 왔다면 또 모르지.
앞 상여꾼   점점 심화되는데?
뒤 상여꾼   열 안에 풀고 나온다에 두 냥.
앞 상여꾼   나는 다섯에 풀고 나온다에 두 냥 시작.
앞 뒤 상여꾼 하나…

송장을 감싼 베를 찢고 일어나는 추천석.

용인 부인   (달려가며) 아이고~ 아이고~이게 뭔 일이여! 살
         아났네. 살아났어. 우리 미남 남편, 저승 갔다
         돌아왔네. 천지신명이여, 감사합니다. 아이고,
         세상에 아이고~. 흑흑흑.
아들   아버지. 이게… 이게… 어떻게 된 거랍니까? 어
         찌 베옷을 찢고 사흘 만에 다시 살아 나오셨나
         이까? 아. 버. 지!

일동 난리. 몸은 용인, 영혼은 진천의 추천석. 어리둥절하다. 용인 부인과 아들을 물끄러미 바라보며.

용인 추천석 …누구…세유?

일동   뜨아!!

경쾌한 음악. 긴 암전.

2막

1장

어느새 단풍이 질 무렵의 가을. 험한 산길과 강둑을 헤치며
어디론가 향하는 추천석. 그 뒤를 몰래 숨죽여 밟는 아들.

아들　　어머니. 아버지가 깨어난 그날. 아버지가 어머
　　　　니와 저에게 누구냐 했던 말이 기억이 납니다.
　　　　자식이 아버지의 인성을 평가하는 것이 옳지
　　　　않음을 아오나 평소 아버지가 거짓을 습관적으
　　　　로 하는 것을 알기에 이번에도 장난하는 줄 알
　　　　고 두고 보았지요. 그런데 아버지는 진천지방
　　　　에 자신의 아내와 딸이 있다고 사투리를 써가
　　　　며 거듭 이야기를 하셨더랬습니다. 그건 언제
　　　　그렇게 연습을 하신 것인지. 이런 '씨부랄' 같은
　　　　말을…. 이러한 아버지 때문에 어머니는 매일
　　　　밤, 잠을 설치시며 눈물을 흘리십니다.

어머니. 열아홉이나 먹은 장성한 아들이, 무엇을 할 수 있겠습니까. 저는 아버지를 따라 길을 나섰습니다. 이는 아버지의 말씀대로 진천 지방에 숨겨 둔 아내와 딸이 있는 것인지, 아니면 죽었다 살아난 부활을 계기로 우리와 연을 끊고 새로운 가정을 꾸리기 위해 펼치는 정략적 계략은 아닌지 알아내어 어머니께 말씀드리기 위함입니다. 이것이 우리 가정을 속히 정상으로 되돌리는 변곡점이 될 테니까요.

어머니. 어머니는 아버지가 돌아오신 것만으로도 충분하다 하셨지요. 하지만 그건 까놓고 말해 어머니의 진심은 아니잖아요? 저도 장성했으니 저에게 만큼은 솔직해지셨으면 좋겠습니다. 이제부터는 저에게 기대세요.

어머니, 아버지가 저 앞에 가고 있습니다. 저는 조심스레 뒤를 밟습니다. 아버지가 멈추면 저도 멈추고 아버지가 걸을 땐 저도 걷습니다. 같은 속도, 같은 거리를 유지하며, 마치 아버지에

게 걷는 법을 배우는 아이가 된 것 같습니다.

용인을 떠나 온 지 거의 열흘이 다 되어 갑니다. 아버지는 오디와 깨금 같은 산열매로 배를 채웁니다. 또 굽이진 산길을 하염없이 걷다 넘어지고, 길이 없는 숲에 길을 내다 손목이 부러지기도 하였습니다. 저는 모르겠습니다. 아버지가 왜 이리 죽음을 불사하며 진천으로 향하는지요.

어머니, 저는 맹수들과 요 며칠 싸우느라 많이 피곤한 상태입니다. 하지만 저는 그 어느 때보다도 날카롭고 예민합니다. 그래서인지 곰은 제 눈을 보고 급히 달아나며, 호랑이는 저에게 무릎을 꿇고 아양을 떨기도 하네요. 모든 자연이 저를 경배하는 듯합니다. 어머니, 저는 반드시 아버지의 주장을 두 눈으로 확인하고 돌아가겠습니다. 만약 진실이라면 어머니를 새 출발시킬 것이며 거짓이라면 아버지의 멱살을 잡아서라도 끌고 가겠습니다. 저는 그럴 자격과

책임이 있습니다. 저는 오늘 비로소 참어른으로 성장한 어머니의 아들이니까요.

비. 심해지는 빗줄기에 피할 곳을 찾는 추천석. 이내 동굴로 들어간다. 아들은 동굴 밖에서 주목한다.

추천석   아니, 동굴에 웬 살림살이여?

추천석은 동굴 안의 음식들로 배를 채운다. 그때 소란스런 사내들이 동굴 쪽으로 몰려오고 아들은 몸을 숨긴다.

쉰 목   뭐여, 이 씨부랄. 여기서 뭐 허고 있는 겨. 우리 집인디.

추천석   지는 지나가는 나그네이온디 갑작스런 소나기를 피하려 이 동굴에 잠시 들어온 것입니다유.

쉰 목   잠시 비 피할라고 들어 온 것 치고는 살발하게 즐겼네. 불도 피우고. 뭐여 이거! 석빙고에서 짐치랑 수육이랑 다 끄내 먹었네? (철퇴를 들어 올리며) 이 철퇴로 그냥~!

중   당장 멈춰! 너 이번에 들어가면 못 나와!

쉰 목   내가 들어가고 말고가 뭐가 중요햐! 저 고기 너
          중 줄 거어. 내가 너 중 줄라고 안 상하게 잘 보
          관해 놓은 건디 저 놈 주뎅이로 들어갈 줄은 몰
          랐네?

중   씨발 놈아. 난 고기 안 먹어!

쉰 목   개똥 같은 소리 좀 하지 말어. 어제 처먹은 닭
          은 고기 아녀.
          씨봉새야?

중   이 씨발 놈아. 거 낯선 사람 있는 디서… 너의
          주장으로 모든 스님들이 다 그런 줄 알거 아념
          이 씨발 놈아!

쉰 목   모든 스님들이 안 그런 줄은 몰라도 네가 그렇
          다는 건 확실히 알어, 씨봉새야!

임꺽정   어허!

쉰 목   넌 뭐여. 도적놈처럼 생겨 갖고.

임꺽정   뭐 임마?

쉰 목, 중   어? 형님.

쉰 목, 중. 잠잠해진다.

임꺽정	옷은 그래 뵈도 우리와 같은 신분은 아닌 거 같고, 사시는 집 양반 같은데 어쩌다 이런 도적놈 소굴로 오시게 되었소?
쉰 목	아이 참. 형님도. 도적놈이라니요.
중	두목. 나는 엄연히 종교인이요.
쉰 목	종교인? 머리만 빠지면 중이니? 비 오는디 이 철퇴로 수박 좀 깨 줄까?
중	이 씨발 놈이. 깨라! 깨!
쉰 목	확! 확! 확!

쉰 목과 중, 다시 실랑이를 벌인다. 임꺽정, 이들을 제지한다.

쉰 목, 중	어? 형님.
임꺽정	대답해야지.
추천석	뭘… 물으셨지유?
쉰 목	여기 왜 왔냐고~.
추천석	아아. 그게 말허자면 긴 얘기이온디, 먼저 지는 진천 사는 추천석이라 하옵니다. 어느 날 미꾸라지를 세다가 잠이 들었더랬는디요.
일동	근디?

설명하는 추천석. 모여 경청하는 임꺽정 무리들을 바라보는 아들.

아들   어머니, 아버지가 도적떼들과 이야기를 나눕니다. 아버지의 언변은 원래 뛰어나 어려운 사람들 주머니를 여럿 털어냈지요. 이제는 저 화려한 말빨로 도적 떼들의 주머니를 털려 하나 봅니다. 어머니와 저를 속였듯이 스스로 진천 사는 추천석입니다로 시작하는군요.

딸 등장.

아들   깜짝야. 쉿! 누⋯누구시오.

딸   미안해유. 산밤 줍느라 정신 없다 보니⋯. 그럼.

아들   잠시만⋯. 혹시 괜찮으시다면 내 며칠 동안 굶은 탓으로 위장에게 대단히 미안해서 그러하니 밤 좀⋯ 나누어 줄 수 있겠소?

딸   (한 주먹 주며) 예. 씨알은 작아도 산밤이라 달아유.

아들   고맙소. (먹으며) 음, 말씀하신 바와 같이 실로

달군요.

딸　(한 줌 더 주며) 한 번 주면 정 없으니….

아들　청설모 밥을 두 주먹이나 빼앗아 먹는 거 같아 미안한걸요?

딸　그럼 청설모에게 사과하세유.

둘 서로 마주 본다. 수줍은 딸.

딸　어. 머. 레실…레실레. 럼. 만. 그럼 만. 이만.

아들　네?

딸 급히 퇴장.

추천석　그리하여 여까정 오게 된 거구먼유.

쉰 목　세상에! 아니 어찌 이런 일이…? 고생하시었 소. 아. 속상해!

중　나무애비타불….

임꺽정　내 추 선생의 딱한 사정 충분히 이해는 합니다. 허나 추 선생보다 더 딱한 백성이 이 나라에는 더 많습니다.

추천석 그렇겠지유.

임꺽정 그래서 오늘 여기 머문 값이랑, 태운 장작 값,
그리고 식사 값은 지불하고 가셔야 하겠소이
다.

추천석 예. 맞습니다. 당연히 그래야지유. 허나 며칠만
말미를 주시면 집이 다녀오는 길에 들러서 갚
을 거구먼유.

쉰 목 (철퇴를 휘두르며) 이봐. 추. 우리헌티는 내일은
읎는디? 며칠은 욕이여!

중 나 스쳤어.

쉰 목 뭐? 스쳐? 넌 오늘 스치듯 안녕이여.

중 씨발 롬이.

중, 쉰 목 실랑이를 벌인다.

임꺽정 어이!

쉰 목. 중 예, 형님!

정돈 후.

임꺽정　　추 선생에 대한 주관적 믿음은 내 확고하나, 구
　　　　　　두만으로 믿음을 확신할 수는 없는 시대니 담
　　　　　　보로 옷이라도 다 벗어 놓고 가벼히 가시던지
　　　　　　요. 홀딱 벗겨.

쉰목, 중　네. 형님!

쉰 목과 중이 달려들어 옷을 벗긴다.

추천석　　알겠소. 알겠소이다. 그럼 내 가진 것 다 내놓
　　　　　　고 가리이다.

봇짐에서 돈을 꺼내는 추천석.

추천석　　삼십 냥. 이건 우리 아내 꽃신 살 돈이고, 사십
　　　　　　냥. 이건 우리 딸 서당에 보낼 값이고, 오십 냥,
　　　　　　이건 나 없어 쓸모없는 땅 되었을 우리 밭. 밭
　　　　　　갈을 소 사고, 일꾼들 줄 돈이고. 백 냥. 이건
　　　　　　우리 부모님 옆 묘지 사서 우리 부부 묻힐 묘지
　　　　　　살 돈⋯.

쉰목　　　세상에. 이게 다 얼마야?

중	구백이십 냥.
쉰 목	내 친구. 셈도 잘하네.
임꺽정	앞서 말씀드렸듯 추 선생의 아픔 모르는 거 아니오. 하나 이 나라에서 꽃신은커녕 새 짚신 한 번 못 신어 본 서민들 많고, 서당 비용 낼 돈이 없어 나라에서 빌리고 서른 넘어까지 갚고 있는 자녀들도 많소. 내 땅은커녕 남에 집 논밭 갈며 하루하루 연명하는 사람들 넘치고, 묘지는커녕 화장만 해 줘도 복이라 말하는 사람들이 천지요. 그러니, 추 선생은 백성을 위해 기부했다고 생각해 주시면 고맙겠소. (배지 달아 주며) 자, 이건 사랑의 열매라는 것이오.
추천석	….
임꺽정	자, 이제 볼 일 다 봤으면 떠나시오.

체념하고 떠나는 추천석.

임꺽정 일동	하하하하!
추천석	…?
임꺽정	추 선생. 옷 입으시고, 이거 다시 다 챙기시오.

진천이 추천하는 진천 추천 연극 진천 사는 추천석

추천석   예?

임꺽정   그거 가지고 오너라.

중   예. 형님.

중이 대붕어 꾸러미를 가지고 와, 추천석에게 건넨다.

추천석   …웬 붕어?

임꺽정   추 선생. 추 선생의 이야기는 우리같이 신념만 쫓아 사느라 그간 잊고 살았던 식구라는 이름의 가치를 생각나게 해 주었소.

추천석   (받으며) 내…내 하나만 물읍시다.

임꺽정   아니. 아무것도 묻지 말고 우리가 돌아오기 전까지 떠나시오. 애들아 가자.

쉰 목, 중   네. 형님!

임꺽정 일당 동굴 밖으로 나가는 뒤에 대고.

추천석   누구시유. 좀도둑질이나 허는 산적은 아닌 것 같고 비범함을 풍기는 호탕한 당신은 대체 누구란 말이유?

임꺽정   후후후. 그냥… 야인(野人)이라 해 두지요.

쉰 목, 중   임꺽정.

임꺽정   얌마!

숲 해설사 관광객들(할머니 할아버지 몇)과 함께 등장.

해설사   (헤드셋 마이크를 테스트하며) 후후. 테스트. 하
나. 둘. 하나. 둘. 시방부텀 포토타임이유. 편하
게들 사진 찍으시면 됩니다. 예. 임꺽정은 여러
분덜이 잘 아시는 홍길동, 장길산과 함께 조선
의 3대 도적이유. 시방 여러분덜이 계시는 곳
은 충청북도 진천군 초평면 신통리 용동마을
임꺽정 굴입니다. 여기 용동마을 주민덜이 십
시일반혀서 임꺽정과 부하들이 추천석이라 허
는 사람과 이별허는 장면을 잘 구현해 놓았습
니다. 충분히 찍으셨쥬? 예. 자, 인자 이동해야
되니께 마저들 찍으시구 밥 먹으러 가자구유.

해설이 이어지는 동안 임꺽정 무리와 추천석은 이별의 악
수와 포옹.

아들   어머니, 지금 진천으로 와 주셔야 하겠습니다.
            아버지가 도적 떼들과 친구가 된 거 같아요.

음악.

2장

진천 추천석의 집. 대붕어 꾸러미를 들고 들어오는 추천석.

추천석   여보. 여보! 나왔소. 내가 왔소. 딸아 워디 있느
            냐. 딸아.

아무도 없는 빈집. 추천석은 집 안 곳곳을 살핀다.

추천석   흑흑흑···. 다덜 추수허러 갔나.

추천석은 붕어 꾸러미를 놓고 부인과 딸을 찾으러 나간다.
슬금 들어오는 아들.

아들   하···. 목말라.

우물에서 물을 벌컥벌컥 들이키는 아들. 그때 들어오는 딸.

딸   누구시오!

아들   아무도 없는 줄 알고 목이 말라서 그만…. 대단히 죄송합니다.

딸   아무도 없는 줄 알았으면 들어오지 말었어야 허는 게 인지상정. 워찌 남의 집 문턱을 넘어 태연히 물을 마시고 있단 말이. 어!??

아들   어!?? 산밤?

딸   청설모? 하하하.

아들   하하하. (금세 생각난 듯 멋쩍어) 그날은 미…미안하게 됐소. 도발적 감정이 순간적으로 내…내 안에 들어와 그대에게 무례히 군 걸 같소. 사과하오.

딸   무례가 습관이 된 분이시구려. 산에서도, 우리 집에서도. 우리 인사나 해유. 내 이름은 추딸이라고 해유.

아들   희한하게 비슷한 듯 다르군요. 난 추아들이라고 합니다.

딸   명사를 이름으로 쓰는 예는 흔치 않은디 아무

진천이 추천하는 진천 추천 연극 진천 사는 추천석

튼 반갑다. 편하게 누나라고 불러. 난 열일곱.

아들   난 열아홉. 내가 오라버니네.

딸   왠 붕어?

아들   (당황) 어? 자그마한 내 성의. (방백) 거짓된 내
입술 당장 멈추어라. 어찌 내 의지와 상관없이
내 붕어라는 거짓을 함부러 지껄이는 것이냐.
아! 추악한 내 입술.

딸   고마워. 아들 오빠. 물 한 바가지 값치고는 거
하네. 어머니가 좋아하시겠다.

다시 들어오는 추천석.

추천석   여보, 딸아 대체 워디 갔느냐. 애비가 왔느니….
딸아…따아아알아아아!!

딸   누…누구세유! 오늘 대…대체 왜들 이려 증말.
오빠? 오빠!

아들 튀었다.

추천석   딸아. 애비다. 그 동안 애비를 얼매나 원망하

였을고. 가장 노릇 허느라 얼굴 허옇게 질린 것
좀 봐. 아이고, 우리 아가~.

딸 (경계하며) 자꾸 지헌티 딸딸거리시는디, 지 이
름이 딸인 것 맞사오나, 지는 댁 겉은 아버지를
둔 적이 없으며, 저희 아버지는… 아버지는 월
매 전이 돌아가셨기에 이런 감언이설로 저를
후리려고 허신다는 건 '참 무례'라고 생각되옵
니다. (발을 휘두른다)

추천석 (맞는다) 시상에! 우리 딸이 나 없는 동안 원제
이리 무예를 배웠당가.

딸 아버지 없는 딸이라고 동네 사람들헌티 무시당
하면 안 되기에 더 단단해 보이려 노력 좀 허고
있습니다. (또 휘두른다)

추천석 (맞는다) 그려그려. 말뽄새도 발뽄새도 이제 제
법 의젓허구나. 참 잘했느니라. (훌쩍이며) 기쁘
다. 나는 참 기쁘다.

딸 맞는 게 기쁘다니 참 이상헌 취향일세.

추천석 어머니는 워디 갔느냐?

딸 길상사 절이 갔는디, 그건 왜 묻지유?

추천석 절에는 왜….

딸 즈이 아버지 사십구제라 갔는디, 그건 또 왜 묻지유?

추천석 너는 왜 안 갔니?

딸 지는 오늘 김장군 댁에 김장 돕느라….
아부지 사십구재에도… 못 가고…. 흑흑흑.

추천석 (덥썩 안아 주며) 아부지가 미안하다…. 미안하다. 우리 딸. 참. 내 여 붕어 가져 왔느니라. 이따 어머니 오시거든 이 살 오른 붕어 함께 쪄 먹자꾸나.

딸 (밀쳐 내며) 내가 방심했군. 아저씨. 이 붕어는 제가 연모허는 오라버니가 가져오신 것이올씨다. 워찌 그리 저급헌 거짓부렁으로 저를 우롱허신단 말이오. 이러니 지가 더 단단해 보이려고 애쓰고 있는 거유. 틈만 보이면 선 넘어 오는 댁 겉은 무례쟁이들 때문에. 따라와. 관아에 가서 곤장 좀 쳐맞아 봅시다. 어서!

어머니 등장.

딸 어머니!

부인	김장은 잘 돕고 왔…. 뉘시오?
추천석	부…부…부인!
부인	뭐 허는 짓거리요! 지애비 일찍 여의고 오늘 사십구제 지내고 왔소. 저고리에 떨어진 눈물도 마르지 않았는데 뭐라? 부인? 워찌 이리 무례허시오. 집안에 지애비 없다고 이렇게 함부로 대해도 되는 것이오? 네 이놈. 당장 사과 못 헐까! (추천석이 답이 없자) 이런… 고얀!
추천석	아니오. 그게 아니오. 여보. 내 말 좀 들어….
부인	뭔 얘기를 더 듣냐, 이 개놈아! 대체 누군디 남에 동네까정 와서 나를 희롱헌단 말이냐. 사람의 제일 약헌 부분을 비집고 들어와 워찌 간신히 추스린 마음을 잔인허게 헤집어 놓는단 말이냐. 나가. 썩 물러가라! (딸에게) 들어가자.

부인이 딸의 손을 잡는다. 신발을 벗고 방으로 들어가려는데.

| 추천석 | (노래한다) **농자천하지대본.** |

뒤돌아보는 부인과 딸.

추천석   뭉치세 제치세 이 못자리를 뭉쳐 주오.

인부들   뭉치세 제치세 에루화 못자리 뭉치세.

추천석   어화 여보 농부님들 힘이 날 때 뭉쳐 주오.

인부들   뭉치세 제치세 에루화 못자리 뭉치세.

추천석   천하근본 이 농사를 한 춤 두 춤 뭉쳐 주오.

인부들   뭉치세 제치세 에루화 못자리 뭉치세.

추천석   우리 논 사고 첫 모내기헐 때. 모 한포기 심을
         때마덤 당신이 메기는 한 가락 소리에 인부덜
         은 풍년이 들 거라며 즈이 논이 와서도 불러 달
         라고 서로들 성화였어. 잊었능가?

부인   ….

추천석   여치마냥 우리 딸 춤추다 논바닥에 자빠졌을
         띠….

부인   아이고, 이년아. 아부지가 손등 다 갈라져 가매,
         넘의 집 품일을 월매나 혀서 마련헌 논인디, 워
         찌 니가 아부지 피땀을 밟어 짓이겨 놓는 거여!

추천석   허매 회초리를 들고 재를 왼종일을 굶겼지.

딸　　　　엄니 그렸어?

추천석　　말릴 새도 없이 당신은 눈물을 터뜨렸고. 난 그
　　　　런 당신에게 노래를 불러 주었어.

추천석　　**뭉치세 뭉치세 우리 식구덜 뭉치세.**
　　　　뭉치세 뭉치세 사랑허며 뭉치…. (목이 메인다)

부인　　　그날. 일꾼들은 멋쩍어 다 돌아가고 거기는 분명
　　　　우리 식구덜밖이 없었는디, 당신 대체 누구여.

추천석　　그리고 우리 딸 가마 옆이에는 당시 고르지 못
　　　　헌 논바닥 돌에 찍힌 상처가 삼각으로 나 있지.

딸　　　　무서워 디지겄네.

부인　　　대체 우덜헌티 이러는 목적이 뭐디요?

추천석　　나요! 나! 내 월매나 더 숱헌 이야기를 해야 헌
　　　　단 말이오?
　　　　하나. 둘. 싯. 닛. 다섯. 여섯. 일곱. 여덟. 아홉….
　　　　하나는 워디 있능가?

아내의 발을 바라본다. 아내는 작은 발을 웅크린다.

추천석　　(가슴을 치며) 여기 있네. 밭일허다가 짤러진 자
　　　　네 새끼 발꾸락. 여태, 여태 내 가슴이다 묻어

놓구 있었단 말이네.

부인, 추천석과의 과거의 기억이 떠오른다.
과거. 부인을 안아 주는 추천석.

추천석   여보. 내 재미난 얘기 해 줄까? 우리 닭 안 키워
         두 되겠어. 집이 오는 길이 우리 딸 다리통 보
         니께 뜀박질헐 때마덤 뽈록뽈록 알이 베기는디
         겨란이 뚝뚝 떨어져. 그즛말 쪼금 보태서 뭐 거
         의 타조알만햐.

부인, 과거의 기억을 떨쳐 보려 하지만, 과거의 기억이 계
속 떠오른다.

추천석   오늘 밤은 잠이 안 오는 밤이구먼. 내일은 내
         미꾸리 잡아 옴세.
부인   이 손 봐.
추천석   가마솥에 겨우내 말린 시레기 넣고 푹 고아.
부인   이 손꾸락 봐.
추천석   우리 식구덜.

부인	억센 잡초가 다 할퀴었네.
추천석	보양하세.
부인	바꿨구만.
추천석	월매나 잡히려나.
부인	젊을 띠 넘의 집 품 일로.
추천석	한 마리.
부인	상해 버린 이 손이랑.
추천석	두 마리.
부인	저 논이랑.
추천석	세 마리….

현재. 부인, 추천석을 뿌리친다.

부인	내 오늘 남편의 마지막 제사를 지내며 염라대왕께 빌었소. "꿈속에서 딱 한 번만 인사하고 싶습니다. 너무나 급작스런 헤어짐에 내 마음 허하니 잘 가라는 인사 한마디만 헐 수 있게 해 주시오." (추천석에게) …당신은 염라대왕이 주신 꿈이요? 설령 그것이 맞다 해도 내 남편 아닌 자에게 워찌 잘 가라는 인사를 헐 수 있단 말

진천이 추천하는 진천 추천 연극 진천 사는 추천석

입니까. 후후. 얄궂다. 내 인생. (허공을 바라보며 외친다) 여보. 당신과 함께 산 삶이 그토록 짧은디 워찌 이별까지도 없답니까. 워찌 딴 모냥으로 나타나 나를 서운허게 허십니까. (짧은 사이) 후후. 짓궂다. 내 팔자. 허나 내 소원의 성취가 당신이라며는, 그렇다며는, 그럼에도 불구허고, 남편 아닌 당신께, 아쉬운 대로 인사를 해야겠지유.

절하는 부인. 따라 맞절하는 추천석.
함께 운다.

부인   …안녕.

사이.

추천석   흑흑. 아…안녕.

떠나가는 추천석.

부인   이번이는! 헤어질 띠 허는 안녕이 아니라… 이
       렇게 다시 만나… 반가운 인사요. 아…아…안
       녕. 흑흑.

다른 의미의 절을 하는 부인을 와락 안는 추천석. 무엇에
끌린 듯 이미 가족들을 안고 있는 딸. 그저 바라볼 수밖에
없는 용인 아들.

3장

관가. 모두 모여 있다. 지지부진한 재판이 진행 중이다.

이방   사또….
일동   웅성웅성. 웅성웅성. 술렁술렁. 술렁술렁.
사또   아이고 씨부랄. 저 노을 멀어지는 것 좀 봐. 한
       나절 다 갔네.
일동   (한숨)
사또   아니, 저기 용인 부인?
용인 부인 예. 제가 분명 추천석의 아내이옵니다.
사또   진천 부인?

진천 부인 예. 제가 분명 추천석의 아내이옵니다.

사또 환장허겄네. 그려. 이쯤 되면 다덜 속으로 나를 욕지거리허고 있을 것이다. 나랏돈 받어 가매 거기 앉어서 뭐 허는 거냐. 이런 거 하나 해결두 못 허구. 알어. 나 모잘란 거. 그니께 여 촌구석까정 낙향헌 거 아니겄니. 이건 초자연적 영역이라. 으뜸 판관 포청천이 개작두를 던져도 안 풀리는 거여. 아 몰러. 나 갈텨.

이방 가신댄다.

진천 부인 아이고. 사또. 마지막으로 제 변론 좀 들어 주오.

사또 응? 휴…. 뭐라도 해 봐. 그럼. 얼른.

진천 부인 사람에게는 육신이라는 게 있사오나 육신을 움직이는 것은 필시 마음이옵니다. 즉 육신은 마음을 담고 있는 그릇일 뿐이라는 얘기지유. 밥을 간장 종지에 담으면 간장되구 대접에 담으면 국 되나유. 워디? 아니유. 밥은 워디까지나 밥인 거유. 고로 사또께서 보시는 저 육신은 그냥 껍데기요 아무 의미 없는 그릇일 뿐이외다.

이방 얼씨구.

진천 부인 고로 저의 남편이 용인 가서 살게 된다면 용인

식구덜은 껍떼기를 끌어안고 사는 것. 그게 뭔 의미가 있겠슈. 맨날 마음은 여 진천에 와 있는디. 거리가 가깝기나 허냐?

이방　　　멀어. 멀어.

진천 부인　그러니 현명허신 사또님은 지발 지 남편이 응당 있어야 헐 곳에서 살 수 있게, 포기허지 마시고 부디 지혜로운 판결을 내려 주시기를 **바라고 바라고 바라옵니다.**

사또　　　그렇다. 육신보다 마음이 본질이다. 추천석은 진천에서 살아….

용인 부인　**아이고. 사또. 저도 최종 변론의 기회를 주시옵소서.**

사또　　　**눈알 좀 집어넣으시게.**

이방　　　**진정허시….**

용인 부인　진정은 무슨 개가 물어갈 진정이야! 내가 지금 진정하게 생겼어? 내가 저 인간 뒤치닥거리하면서 평생을 개고생하며…. (압이 올라 쓰러진다)

아들　　　어머니! 어머니! 여기 혹시 의원 없소? 의원 없소? 의원! 의원!

　　　　　사또! 최후 변론은 제가 올리겠습니다.

사또   쟤 누구야?

진천 부인   저쪽 집 아덜이요.

아들   맞소! 사또. 저희 어머님이 감정에 치우친 관계
        로 본인의 입장을 전달하지 못했으니, 제가 대
        신하여 말씀 올리겠습니다.

사또   알았어. 해. 얼른.

아들   아까 진천 사시는 부인께서 말씀하시었듯 육신
        이 마음을 담는 그릇이라는 것은 동의하옵니
        다. 허나 마음만이 그 사람의 존재를 결정짓게
        치부해서는 안 된다고 사료되옵니다. 우리는
        그릇을 통해 음식을 바라보지요. 하얀 쌀밥이
        백자에 담기면 진지(陣地)가 되는 것이요. 개
        밥그릇에 담으면 견식(犬事)이 되는 것이옵니
        다. 즉 음식은 그릇을 통해 그 정체성이 결정지
        어지는 법. 그러니 사람의 육신이 형식이고 마
        음만이 본질이라고 주장하는 주장은 동의할 수
        없사옵니다. 혼이 누구의 것이든 저희 아버지
        의 육신에 담겨 있다면 그것은 필경 저희 아버
        지인 것입니다.

사또   아, 그러네. 내가 오판할 뻔했구먼. 이미 저녁

밥때가 넘어 허기가 진 까닭인개 벼.

딸   **저도 말 좀 허겠소이다.**

사또   **잠깐만.** (이방에게) 약과 좀 갖고와. 당 떨어져.

용인 부인   예.

용인 부인. 아무렇지 않다는 듯 광에 약과를 가지러 간다.

사또   아, 기대되는걸? 워떤 관점에서 새로운 이야기
가 튀어나올지.

             시작허라.

딸   아버지를 죽여 주세유.

용인 부인   악! (떨어뜨리는 쟁반)

사또   뭐?

딸   뻔히 살어 계신디 다른 사람덜과 가족처럼 지낸
다는 걸 상상하면서는 도저히 살 수 없습니다.

용인 부인   그럼. 니 덜이 죽으면 되겠네. 이년아!

딸   그건 아버지와 저희 가족들의 추억을 모두 부
정 당허는 것이니께유. 지혜로운 사또님. 모든
걸 제자리로 돌려주시기를 간청드릴게유. 육
신은 묻고, 혼은 저승으로 보내 달란 말입니다.

그렇다면… 내 아버지 모습 그대로 추억은 헐 수 있을 테니께유. 흑흑흑.

사또 어? 모든 것을 제자리로 돌려놓는다? 잔인하긴 하지만 그게 제일 현명하며 모두를 만족시킬 수 있는 최선. 옳다! 자, 인자 그만허자. 다덜 대간헌디 그렇게 허는 걸로 저기 허자구. (일어나며) 자, 마무리허자. 이방?

이방 자, 다들 일어나시오. 일어나서 스트레칭이라도 하시라니께! 최종 판결이오!

사또 나 사또는 이번 추천석 사건에 관하여 꽤 오랜 시간을 들여 고민허고 또 바쁘신 시간 쪼개어 참관해 주신 배심원 포함 관객의 의견을 수렴하여 본 결과 이렇게 판결을 내린다.

배심원들 웅성웅성 웅성웅성.

이방 조용!

배심원 1 너나 조용함둥!

이방 어허!

배심원 1 쓰읍!

이방 (깨갱) …히잉.

사또 딸이 얘기 헌 게 맞다. 워떤 연유에서 하늘이

이런 일을 벌렸는지는 몰르겠으나 그거는 내 알바아니요, 이 땅이서 혼란이 생겼으니 이리 처리허는 것이 모두에게 이로운 것일 것이다. 죽여라. (진천, 용인 가족들: 아이고!) 그리고 판결에 불만인 자덜은 책임을 염라대왕께 돌리고. (저승 형제들: 헉!) 모가지 얼른 잘러.

모두 난리 났다. 울음과 곡소리가 나는 현장. 저승사자와 저승사슴.
저승사과를 재판장으로 밀쳐 내보낸다.

이방	누구냐!
추천석	사과 씨?
저승사과	쉿! (사또에게) 사또. 지나가는 나그네 김사과라는 자이옵니다.
이방	안녕.
저승사과	안녕. 사또께서 이미 지혜로운 판결을 내린 판에 미천한 제 의견 따위 느즈막히 상고하려 하는 점 매우 송구스럽습니다.
사또	후…. 겨우 끝낼 판인디. 나 참.

저승사과 시작해도 될런지요?

사또 끝났대니까?

배심원 4 좀 들어 보지라우. 나 이 재판 볼라구 변산 반
도서 왔당께라.

이방 어허!

배심원 4 확 씨!

이방 (깨갱) 히잉….

사또 (여론을 신경 쓰듯) 나의 성품은 참되니라.

소수의 의견에도 귀를 기울이는 나이니라. 해.

저승사과 사또께서 지금 내리시고자 하는 판결은 의심할
수 없이 지혜로우나 소인이 올리는 의견을 들
으시고 한 번 더 재고해 보신다면 사또께 분명
덕이 되는….

사또 사설은 그만.

저승사과 구체적으로 이 추천석이란 자가 이렇게 된 것
은, 어쩌면 이 자의 운명이올진데, 이걸 다시 원
점으로 돌린다는 명분으로 이 자의 육신을 해
한다면 이유 불문 잔인한 처사 아니겠습니까?

배심원들 술렁술렁 술렁술렁.

저승사과 이 자가 아편을 했다거나 묻지 마 돌려차기를

했다거나 하는 극악무도한 죄를 지은 것도 아
닌데 이렇게 처형을 한다구요?

저승사과 얍! (칼로 추천석의 목을 벤다)

추천석 (목에 피를 뿜으며 쓰러진다)

이 광경을 본 사람들은 경기하고, 임산부는 놀라 배를 부
여잡고 쓰러진다. 이비규환의 현장. 저승사과가 사또에게
은밀히 이야기한다.

저승사과 보세요. 사또. 사또의 극단적인 판결로 관가에
서 피가 난자했고, 저 임산부의 아이는 유산되
었으며, 아이들은 경기를 일으킨다. 사람들은
이 공포스런 고을을 떠나고 소문은 옮겨 옮겨
임금님에 귀까지 들어간다. 만약 이렇게 된다
면 훗날 사또가 임금과 함께 정사를 논하는 경
복궁에 입성할 수 있겠습니까?

사또 뭐?

저승사과 이제 쫌 지방에서 이런 잔잔바리 사건 말고 나
라를 위한 대승적인 일을 해야 하지 않겠습니
까? 나중에 영의정 좌의정 후보자 검증에서 백

천 번 이 사건이 발목 잡습니다. 이게 최선이었
냐. 앞으로 뭐 골치 아픈 일 생기면 목부터 벨
거냐. 잔인한 사람이다. 감당할 수 있겠어요?

사또 옳소. 그럼 워쳐게 허지? 알려줘.

저승사과 만사는 더하는 것보다 덜 하는 게 나은 법. 길
을 모를 땐 머무르는 게 순리.

사또 뭔 말여.

저승사과 그냥 놔 둡시다.

사또 놔 둬? 허지 마? 아무것두?

저승사과 예! 구실이 좋지 않습니까. 삶과 죽음 그리고
부활과 빙의. 이를 어찌 이승의 법으로 풀 수
있겠습니까.

사또 결론만.

저승사과 **생거진천. 사거용인.** 이 자가 원하는 대로 비옥
한 땅. 광활한 평야가 흐르는 이 풍요로운 진천
에 그대로 살게 하시길. 그리고 비로소 이 자의
삶이 끝났을 땐 용인에서 묻히게 하시길.

사또 묻는 건 왜 용인이다 묻어. 아하. 여기에 묘가
두 개면….

추천석에게 다가가는 저승사과.

저승사과　(추천석에게) 천석 씨. 당신이 어떻게 여기까지
　　　　　왔는데… 기쁜 결말로 막을 내립시다.

저승사과 사라진다.

사또　허허허. 사또. 당신은 미래를 내다볼 줄 아는
　　　　선구자요.

사또　별 말씀을요. 느닷없이 나타나 이렇게 귀한 의
　　　　견 주서서 감사드립니다.

사또　감사라니요. 저는 사또가 큰일을 하게 될 인재
　　　　라고….

조명 밝아지면 모두들 중얼대는 사또를 바라보고 있다.

배심원 2　사또. 혼자 1인 2역 하지 말고 크게 말해 주시오.

사또 두리번거리며 저승사과를 찾으나… 없다. 저승사슴
이 일어나 사도에게 '후' 바람을 분다.

사또	지혜는 바람과 같아서 놓치면 사라지는 법. 워느 때에 워느 방향이서 불어올지 물르는 지혜를 잡는 것은 영감이라. 그 역시도 나처럼 깨어 있는 자에게나 주어지는 하늘의 선물.
이방	또, 또!
사또	자, 나 이제 번복되지 않을 진짜 최종판결을 내리겠노라. 이방. 뭐 긴장되는 장단 같은 것 좀 깔아 보게! 두구두구 같은 거.
이방	예. 처라.
사또	판결! 저승의 일은 저승의 일. 이승의 일은 이승의 일. 추천석의 혼은 진천 사람이요, 육신은 용인이라. 혼은 저승에 속한 것이니 저승의 법에 맡긴다. 그리고 육신은 이승에 속한 것이니 이승의 법에 맡긴다. 허나 저승의 법과 이승의 법이 뒤엉킨 이 추천석의 인생은…? (짧은 사이) 그냥 냅둬. 끝.
일동	웅성웅성 웅성웅성.
배심원 1	아니, 냅두라는 게 뭔 판결임둥? 용인이면 용인. 진천이면 진천아임매?
배심원 2	여보….

사또	내비두란 말이여. 용인이든 진천이든 저 양반 인생이니께.
저승사슴	(바람을 보내려 일어나며) 두둥탁!
이방	앉아!
저승사슴	(이방의 기에 눌려 그냥 앉는다)
사또	죽음의 때를 하늘이 정헌다면 삶은 사는 자의 몫이라. 추천석의 인생은 추천석의 것. 그러니, 이 자의 선택에 그 누구도 왈가왈부할 일 아님.
일동	웅성웅성 웅성웅성.

사또. 내려와 추천석에게 다가가.

사또	묻겠다. 자네는 어디로 갈 것인가?
추천석	저는 이미 어머니의 오롯한 품과 같은 나의 이 고장, 진천에 발 딛고 있사옵니다.
사또	지금 이 말을 들은 모두는 증인이여. 재판 끝. 아 잠깐. 추신.
	추천석은 끝까지 진천에서 살되 죽어서는 반드-시 용인에 묻히시오. 이 진천 땅에 당신의 시신이 두 개면 괜히 성묘 갔다가 양가 후손들

진천이 추천하는 진천 추천 연극 진천 사는 추천석

싸움으로 전이 될 것이고 그렇게 되면 훗날 내가 또 대간해질 수 있으니 말이오. 물론 그때쯤이면 나는 경복궁에서 대승적인 나랏일을 보고 있겠지만. 크크크.

웅성대는 일동. 그 속에 진천 가족은 기뻐하고 용인 가족은 통곡한다.

아들   여러분. 잠시만 주목해 주시기 바랍니다.

사또   끝. 끝. 끝났잖암마. 환장하겠네, 진짜.

아들   판결에 대한 게 아닙니다.

진천 부인   그럼 대체 뭐냐, 이놈아.

용인 부인   어따대고 우리 아들에게 놈놈하는 것이오? 차암 이쁘고 귀하신 따님 모시고 썩 물러가시오.

아들   어머니. 잠시만. 잠시만요. 모두에게 드릴 말씀이 있습니다. 저는 아버지를 잃었습니다. 아버지가 여기 계시지만 아버지를 잃었습니다. 하지만 이게 무슨 조화인지 제게도 바람이 불어왔습니다. 사또에게는 지혜의 바람이었지만 저에게는 용기의 바람이었고 그 바람을 저는. 지

금 이 순간. 잡고야 말았습니다.

사또   (은밀히) 자네 헌티두 혹시 사과란 자가 나타 났나?

배심원 3   거 참. 쫌 들으면 안 되겠십니꺼.

아들   어머니, 일전에 어머니께 보낸 서신에 제가 사랑 하는 사람을 만났다고 말씀드린 적이 있습니다.

용인 부인   근데?

아들   그 짝이 지금 여기에 있습니다.

용인 부인   뭐? 하! 미쳤구나. 미쳤어. 하다하다 이제 내 남 편도 모잘라 내 아들에게까지 꼬리를 쳐? 이런 미친!(진천 부인에게 달려드는데)

아들   어머니, 딸입니다! 아버지의 딸. 추 딸!

일동 정적.

추천석   **희한허게 돌아가네.**

아들   나 아들은 너 딸에게 청혼을 하는 바입니다. 우 리 인연이 희한하긴 하나 바꾸어 생각하니 우 리의 이 모든 불행한 일들이 우리를 만나게 해 주려는 하늘의 뜻이었던 것 같습니다. 딸. 그대

를 위해 내 생을 바칠 수 있게 해 주겠소?

딸 물론이지요! 아들 오라버니. 오라버니가 준비해 주신 붕어를 보고 난 확신했어요. 이렇게 씨알 좋은 붕어를 잡을 줄 아는 남자라면 이 남자는 내 남자!

추천석 붕어?

저승사자 바람!

저승사슴이 바람을 또 일으킨다.

사또 아. 세상에. 바람이 분다! 아이쿠야. 지금 나는 이 지혜의 바람을 또 잡았다. 이 둘이 혼례를 올린다면 앙숙이 가족이 되는 것이다. 그렇다면 후대에는 서로 싸울 일 없을 것이니 이것이야말로 영영 아름다운 결말이다.

배심원 1 아니, 이거 이렇게 되면 남매끼리 결혼하는 거 아니지비?

저승사자 이보오. 증거를 대 보시오. 씨가 다른데 어찌 이들이 남매가 된단 말이오? 형씨. 거 상상 한 번 흉측합니다.

배심원 1	너 일루 오라!
저승사슴	내 딸에게 왜 이러는 것이오!
저승사자	어…어머니….
사또	하하하. 바쁜 세상 모든 절차 생략하고 내 주례를 서지. 마침 이 재판을 지켜본 여러분 모두가 이 혼례의 손님이 되어 주시오. 신랑은 신부를 고생시킬 거지?
아들	바라만 봐도 닳을까 조심히 아끼며 보살피겠습니다.
진천 부인	(용인 부인에게) 사돈.
용인 부인	사돈이라니!
사또	몇 년 가나 보자. 자, 신부. 신부는 신랑을 지아비로 맞이하여 평생 믿음과 신뢰를 저버리고 막 그럴 거지?
딸	전 예의, 의리가 매우 중요한 여인이유. 그런 무례한 행동은 절대 하지 않을 거라니께유. 맹세헐 필요도 없시유.
용인 부인	꼴값 떨고 있네.
진천 부인	꼴값이라뇨, 사돈.
용인 부인	사돈이라니!

진천이 추천하는 진천 추천 연극 진천 사는 추천석

사또	사십 되 봐라. 입 다물고 쳐 잘 때가 제일 이뻐 보일 테니께.

사또　　사십 되 봐라. 입 다물고 쳐 잘 때가 제일 이뻐
　　　　　보일 테니께.

　　　　　자, 암튼 이로써 혼인을 마치겠습니다.

저승사과　(들어오며) 잠깐, 합한주가 있어야겠지요. 자,
　　　　　이 술은 염라대왕께서….

사자, 사슴　에헴!

사또　　사과 씨?

저승사과　아니, 염라대왕이 마실 법한 '1985년산 앙리 자
　　　　　이에 리슈부르 그랑크뤼'올시다. 뭔 소리냐고
　　　　　묻지 마시고 여기 계신 모두들, 일단 마셔 보시
　　　　　고 이야기하시지요.

사람들 '웅성' 대며 각자 사발을 꺼낸다.

저승사자　자, 잔을 채우시오! 그럼 오늘의 주인공 천석
　　　　　씨 나와 건재[2] 제의하시오.

추천석　지가 겪은 요 일련의 일덜을 지는 당최 이해헐
　　　　　수가 없습니다. 느닷없고, 또 한 치의 짐작도

---

2)　건재하다의 건재, 건배의 패러디.

불가헌 뒤집힘의 연속이었기에 그렇겄지유. 워쩌면 당연헌 것 일지두 몰르겄습니다. 땅은 원래부텀 땅이였던 것마냥, 산다는 건 원래부텀 이런 것이였는지두 몰르겄습니다.

끄덕이는 사람들.

추천석   떠올릅니다. 내 명의로 된 거 하나 읎다고 씨발 씨발댔던 거. 옆집은 뭐이가 잘나 저렇게 잘되구 나는 왜 해도 해도 제자린가, 비교하매, 쌤나서 헐뜯구 낙담했던 거, 또 뭐 안 풀릴 때마덤 예민해져 갖구 밖이서는 사람 좋은 척 암 말두 못 허면서 에? 만만헌 게 식구라구, 집이 와서 '꽤액꽥' 소리나 질러쌌던 그러한 나의 저질스런 행동덜이 경치듯 후회가 됩니다. 사람 목숨이라는 게 날개 활짝 펴봐야 튄 짐칫 국물 정도밖이 안 되는 크기의 간-신히 겨 댕기는 (집으며) 여 무당벌레 목숨이나 별반 차이가 없는 건디, 잠깐 살다 흩어질 숨인디….
나는 워찌 그토록 쪼이며 살았는가.

진천이 추천하는 진천 추천 연극 진천 사는 추천석

사람들 끄덕이다 움찔.

추천석　　암만해두 죽음은 사는 동안 눈이다가 새겨야
　　　　　　할 징표인가 봅니다.

무당벌레를 안전히 날려 보낸다.

추천석　　나 추천석이. 인자 원래의 내 본모습으로 돌아
　　　　　　갈 수는 없겠지만, 이 또한 내가 살아온 과정의
　　　　　　결과니께 바뀐 계절을 수긍허듯 내 마땅히 안
　　　　　　고 살렵니다. 가진 것에 감사허고, 이웃덜 헌
　　　　　　티 너무 야속허게 허지 말고, 가족 귀헌 줄 알
　　　　　　고, 건강두 잘 챙기면서 긍정적이루 살다 보며
　　　　　　는 시방보담은 차차 환한 얼굴로 변해 갈 수 있
　　　　　　지 않을까 허는 가능성 아녀. 변헐 거예유. 반
　　　　　　드시.

끄덕이는 사람들　　"그람, 그람."

추천석　　두 사람 사랑하거라. 잉? 때때로 감당허기 힘든

쓴 일덜을 겪드라도 '죽겄다.', '죽겄다.' 소리허면 절대루 안 되는 거여. 씨가 댜. 말이. 그때마덤 되뇌여. 오늘 하루는 하늘이 나헌티 내려주신… (20초 사이) 낭만이구나!

음악.

추천석　그러헌 믿음으루 시간 시간을 살다 보며는 대간헌 시간은 워느새 지나고 역전된 시간을 맞이하게 될 거여. 이 아베가 증거잖느냐.

배심원 3　하모예. 까시밭을 가드라도 낭만으로 사는 기라.

배심원 1　그럼. 까짓거 발바닥에 피 나기밖에 더 하겄지비?

배심원 2　당신이 내 까신기라.

일동 웃음.

추천석　일루와, 여보. 당신두 한마디햐. 아 얼릉.

용인 부인　천석 씨가 부르잖어요.

진천 부인　아이고 난 됐시유.

진천이 추천하는 진천 추천 연극 진천 사는 추천석

한 켠에 저승 형제들.

저승사자　아우들아.

사슴, 사과　네 형님.

저승사자　다음은 누구냐?

저승사과　조치원에 사는 이만국이라는 자입니다.

저승사자　…자, 슬슬 가 보자.

사슴, 사과　네, 형님.

저승 형제들 쓸쓸히 사라진다.

추천석　(끌구 나오며) 거참. 그라지 말구 한마디 허라니
　　　께. 참말로.

진천 부인　아이고, 참나 원. (숨을 고르고)

　　　여기 오신 귀빈덜아. 오늘 연극 잘 보았소.
　　　시방부텀 축원가요. 내 한 자락 헐 것이요.
　　　소리꾼은 아니오니 감안하여 주시옵고
　　　이 소리가 끝나거든 막걸리 한잔해 봅시다!

냉장고에서 선허게 준비된 막걸리를 관객들과 나누는 배우들.

진천부인　　거.언.-강.허시오. (모두: 거언-강 허시오)

　　　　　　　허시는 일덜 다 형.통.허시오. (모두: 형통허시오)

　　　　　　　가족, 친구 잘 챙기어 사는 동안 외.롭.지 마시오.

　　　　　　　(모두: 외롭지 마시오)

　　　　　　　살면서 중헌 건 덕.이요. (모두: 덕이요)

　　　　　　　덕.이요. (모두: 덕이요)

　　　　　　　덕이니. (모두: 덕이니)

　　　　　　　'덤'으로 사는 인생 '덕'들 많이 쌓으시고

　　　　　　　평생 동안 여러분덜 귀헌 삶이 낭만 가득 허시기를

　　　　　　　축원 또 축원 드리옵니다.

일동 박수.

추천석　　자, 잔들 모으시오. 건강하고, 재미지게!

모두　　　건강하고 재미지게!

추천석　　자, 잔들 모으시오. 건강하고, 재미지게!

진천이 추천하는 진천 추천 연극 진천 사는 추천석

모두	건강하고 재미지게!
추천석	줄여서, 건재(健在)!
일동	줄여서, 건재!

사이.

추천석	자, 다 같이 건재(健在)!
모두	건재!

극장 안의 모두는
서로의 눈을 바라보고,
서로와 잔을 부딪치고,

서로의 안녕을 축복한다.
그렇지!
극장은 원래 이런 곳이었나 보다.

막.